邂逅世界551天

一個女生陸路遊遍亞洲、歐洲、非洲四十個國家

Queenie 著

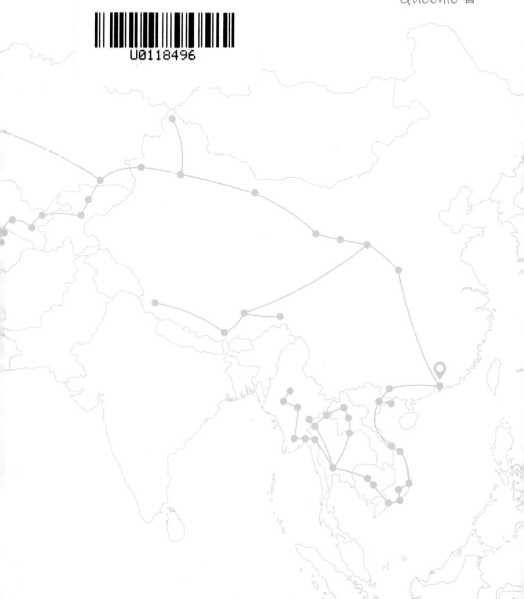

目錄

推薦序：葉卓雄

不知不覺，與 Queenie 已經認識了十幾年，Queenie 十多年前加入公司，直到 2018 年才離開公司。年輕人做一份工作做了那麼多年，絕對是一位忠心的員工。究竟在外界有什麼吸引到她離開這間溫馨的公司呢？答案就是「遊歷地球」。

我曾經對 Queenie 講過一個笑話，如果外星人來到香港問我：「地球是怎樣的？究竟地球有多人？究竟地球有多少人種？你有沒有和他們接觸過？究竟地球有多少個國家？你去過幾多個國家？地球有什麼好好玩？地球有什麼好食？在地球上你最喜歡哪裏的景色？」，作為地球人的我，究竟能夠回答外星人多少條問題呢？究竟我能否做到地球的親善大使呢？答案好明顯，面對外星人，我對地球的確知得不多，作為地球人，我慚愧極了！所以我很同意 Queenie 趁著年輕的時候到地球每一個角落走一走，不枉此生做一個地球人。當然，這麼好和盡責的一位好同事，在她完成了 551 天的創舉後，我便邀請她回公司工作，擔當更加重要的角色，「好馬」自然有回頭草可以吃，當代的年輕人可以借鑒 Queenie 這個例子！

551 天的遊歷地球，究竟是怎樣的？每天是怎樣過？每天起床後會想什麼？每天碰到

什麼困難？每天認識了什麼人？每天做了什麼事？每天吃了什麼東西？每天有多記掛著香港？每天有否掛住著家人和朋友？每天、每小時、每分鐘、每一秒、每一刻，如何的思潮起伏？！我都無法想像 Queenie 的經歷和感受。

要深入了解一個人，除了和她靜靜地交談之外，就是看看她的文字，Queenie 是一位愛讀書寫作的人，她花了很多的時間寫這本書，聽取朋友及出版商的意見來整理她在這 551 天內的每一件人和事，這不是一本介紹景點的旅遊書，大家要用心去感受她在 551 天的思緒，才不會辜負她寫這本書的誠意！

葉卓雄 Robert Ip

柯尼卡美能達商業系統（香港）有限公司董事長

《信報》「我要做 MD」專欄作家

著有《我要做 MD——一個管理人的實戰經驗》及

《我要做 MD2——優秀企管及職場上流的 80 條智慧》

推薦序：趙善軒

聯合國旗下的機構公佈了 2024 年的《世界幸福報告》（World Happiness Report），這份報告綜合了全球 143 個國家及地區的幸福指數。這份由「可持續發展解決方案網絡」編製的報告，研究團隊訪問全球共 10 萬人，涵蓋 137 個國家和地區，根據 2021 年至 2023 年人均 GDP、預期壽命、社會支持及對生活作選擇的自由等作出評分。報告指出，香港的幸福排名不幸地連續三年呈現下降趨勢，幸福指數略減至 5.316 分，排名也下滑四位至第 86 位。

幸福感，固然是極為個人化的感受；然而，聯合國認為，存在一些普遍且可衡量的客觀標準。例如，人均居住空間方面，香港居民的居住環境普遍較為狹窄。根據 2021 年的官方統計數據，港人的人均居所樓面面積僅有十六平方米。相比之下，台北、新加坡、倫敦分別擁有三十四、三十三、三十二平方米的人均空間，即使是富人，也未必能「田連阡陌」，對於普羅大眾而言，也常感「無立錐之地」。此外，香港作為國際級的旅遊重鎮，每年有數以千萬計的遊客湧入，令這個本已人口稠密的城市更顯熙熙攘攘。

幸運的是，到了 2024 年，這座繁華都會

的香港居民，其平均月入中位數攀升至 29,715 港元，這一數字在亞洲經濟體中尤為突出，在國際購買力的比較中更是格外耀眼。以這筆收入為例，在泰國曼谷，你可以租住一間設施完善的高級公寓長達月餘；而在越南河內，同等金額足夠一家四口享受兩個月的優質生活。在土耳其的伊斯坦堡，這筆收入可以讓你體驗近一個月的高端生活，包括在金角灣享受海景餐廳的美食。而在伊朗的首都德黑蘭，相同的資金能讓你沉浸在數周的豐富文化氛圍中，品嚐精緻的波斯料理和經典市集的購物樂趣。再向西到非洲的摩洛哥，同樣的月入能讓你在馬拉喀什的傳統市集中穿梭，購買手工藝品，或是在撒哈拉沙漠中享受一場難忘的沙漠之夜。去到七度奪幸福指數冠軍芬蘭，追逐北極光的旅程，或是從香港出發的週末中國內地深度之旅，在這樣的收入（或資產）支持下，無非就是隨心所欲的輕鬆行。

本書作者 Queenie，年前忽然辭去香港的從事多年的高薪厚職，利用了 551 天時間進行了一系列深度的世界旅行。她的足跡遍佈從神秘的拉薩到中亞的古城，從愛琴海的清澈碧波到撒哈拉的廣袤沙漠。她從都市的繁華中抽離，學會了在自然的懷抱中尋找悠然的生活節奏。這本書向讀者揭示了，即使擁有周遊列國的資源，並不一定每個人都有勇氣、時間或是體力去背起行囊遠行。透過閱讀這本書，讀者或許能夠達到「心向往之，神遊其中」的境界。

我與 Queenie 在相識於微時，她曾幫我校對我出版的第一本書。今天，我看到她將豐富的旅行經歷轉化為文

字，令我由衷歡喜。因此，我向廣大的讀者群熱烈推薦這本書，希望更多的人能通過她的筆觸，親身體驗世界的多彩風情。

　　是為序！

趙善軒

趙氏讀書生活

推薦序：查花

我與 Queenie 的相識是種緣份，話說我在一個讀書會中認識了一位朋友，他得知我周遊列國後，表示找天一定要介紹我認識一位同樣喜歡獨遊的「非凡」朋友。不久後，他就約定了三人共進午餐。

聚會當天，友人有事稍後才到達，讓我與他的那位朋友先坐下來聊天。走進餐廳，我遠遠地看到了一位舉止溫文、氣質素雅淡然的女子，她雖與人們一般對獨遊旅者的刻板印象不同，但直覺告訴我，她就是友人口中那位「非凡」朋友了。果然我的猜測沒有錯，這種反差令我更期待她的故事。

當時我們互不相識，但我並不擔心會尷尬冷場，因為獨遊的人通常都容易與他人攀談，果真我們一見如故，話題不斷，大概因為我們出發長途旅遊與歸來的時間相約，部份行程也相似。很快地，我便從對話中發現，她的「非凡」來自溫文外表下埋藏著的一顆驛動之心，和一股充沛的生命力。大概能這樣長時間出走的人，都追求著一種自由，亦擁有異於常人的堅毅和勇氣。而當聊到世界各地時，她的雙眸總是透著光芒。

後來她邀請我為她的書寫序言，看完她

洋洋灑灑敲下的數萬字，對她更是佩服。旅程説是隨心，但她的準備比我充足多了，出發前將一切安排妥當（她的準備清單值得大家參考！）在旅程中她亦提高警惕，盡量降低風險。而作為長途旅者，特別是女性，確實會面對很多挑戰，你會看到她如何隨機應變，克服種種困難，也對自己的身心保持著覺察。

她的行文樸實自然，毫不誇飾，真誠地把經歷與感受記下，坦然面對自我。字行之間，滲有她的反思，積澱下來就是一套生命哲學，也終於明白初次見面時她所散發的淡然氣質，是獨往洗鍊出來的。她獨自踏上旅程，穿越洲際，洗滌心靈，偶遇有趣的人事，為人生注下新的刻度，再轉化為文字，喚醒每個人心底對夢想的追求。

這本書最引起我興趣的，是她憶述與他人的故事，更會以塔羅牌打開話匣子，聆聽各種人生況味。而最觸動我的，是她寫的關於無常，提醒我要活好當下，珍惜所擁有的。你總能在她的文字中找到一份感動，感動在於她如此熱愛生命、在於她對宇宙萬物充滿感激，也在於她用了數百天的時間旅遊，最終回到原點——回歸自己的內心，找回最純粹的自己。

當天在午飯的尾聲，我説我有意慢慢安定下來，她表示自己仍渴望繼續在路上，我笑説她骨子裏比我更嚮往自由。但我又想了想，其實安定與漂泊沒有準則，四海都可以是家。又或許日後她會改變主意，就如她書中提及「世上唯

一不變的就是改變」，正因無序的生命充滿偶然與可能性，才因而變得精彩。但願她一直健康平安，無論她未來將往何方，我都衷心希望她能保持這份熱情，繼續享受簡單的生活，當一片最溫柔的浪花，隨著風的引領，奔騰在美麗的風土人情之中，於無垠的世界裏追逐著夢想與快樂。

查花

旅遊寫作人，著有《那些陪我走過世界的故事》

簡單生活就是最快樂的

邂逅世界 551 天的前一年，我去了一趟不丹旅行。

不丹，被評為全球快樂指數最高的國家之一。不丹缺乏豐富物質，人們生活簡單，卻活得非常快樂。聽說，不丹的靈性高，氣場強，容易使人覺醒。我心想：只是去幾天旅行，能有什麼覺悟呢？我只想探索為何不丹人生活得如此快樂。

我踏足了這片樂土，旅程的第四天，在不丹中部普那卡行山，去卡姆沙耶里納耶紀念碑（Khamsum Yulley Namgyal Chorten），這是一座四層高的佛塔，我站在佛塔的頂層，俯瞰普納卡山谷的景色，山谷下是河流，河流一直由左邊伸延到右邊，眼前是綠油油的山巒及梯田，梯田下有幾間小屋，我幻想住在其中一間小屋裏，每天晨光把我喚醒，醒來後就躺在椅子上看藍天白雲，過著簡簡單單的生活。那刻，我覺醒：**簡單生活就是最快樂的！**

我帶著不丹的快樂回港，作為送給自己的禮物，我仍然嚮往那簡單的生活，生活上也有些改變，實踐斷捨離，斷絕不需要的東西，捨去多餘的事物，脫離對物品的執著，學習放下。當我醒覺，簡單生活就是最快樂的，金錢

並不那麼重要，我開始思考不同的生活方式。

我想將來在不丹過簡單、快樂的生活，但移居不丹並不容易。那段時間，我看了幾本關於不丹旅行及生活的書，也看了幾本環遊世界、流浪的書，覺得出走並不是一件那麼遙遠的事，於是開始有**出走的念頭**，不如藉著長途**旅行，探索我喜歡的地方及我喜愛的生活方式**。

幾個月後，決定暫時放下香港的家人朋友、繁忙工作、賺錢機會及物質生活，離開舒適圈，趁著有體力、健康、時間、勇氣和好奇，**一個人出走去體驗生活**。暫定一年半的長途旅行，到時再決定回港、找個地方定居、繼續旅行、還是其他的生活方式。**雖然將來有很多未知，但我相信，日後還有更多的可能性！**

邂逅世界的前與後

　　由決定出走，到離開香港，不足三個月時間，最後的工作天在出走前一星期，所以我沒有充足時間準備行程，**只訂了去西藏和西寧的火車票，及訂了兩天住宿。邂逅世界前，沒有既定的行程**，大概是遊亞洲、非洲、歐洲及南美洲。當中也有些想去的地方：尼泊爾、斯里蘭卡、印度、蒙古、東南亞等亞洲國家；中東地區科威特、約旦、以色列、埃及；去非洲肯亞和坦桑尼亞感受動物大遷徙；去幾個歐洲國家，到北歐欣賞北極光，或者去看北極熊；坐三十天貨船橫跨大西洋去中南美洲，或者南下去看南極企鵝。預算四十萬，**暫定一年半，到時再決定未來的生活方式。**

　　我邊走邊計劃，最後邂逅了中國絲綢之路、西藏、東南亞五國、中亞四國、西亞伊朗及土耳其、歐洲二十六國、北非摩洛哥及俄羅斯。旅途中，我**探索世界**，**體驗生活**，**訪尋快樂**！

有人覺得環遊世界需要很多金錢，其實不論旅行或是生活的方式都有千百種，並不一定是想像中那麼昂貴。旅途中，我用了十八萬，一個月平均一萬元的支出，其實這金額在香港租樓也不夠，但足夠我在五百五十一天遊歷四十個國家，一百四十個城市，遊走貧窮與富裕的國度，體驗生活，探索世界。

邂逅世界前，我想藉著旅行尋找自己喜歡的地方，或者將來定居此地。邂逅世界後，我有很多喜歡的國家，卻沒有一個想定居的地方。我想一直走下去，走遍世界每一角落，享受自由自在、無拘無束的生活。

為什麼一個女生陸路旅行

- 無論哪個國家，坐飛機時看到的天空景色大致相同；**陸路過境，卻看見不同的風景，每次都懷著期待的心情過關，有不一樣的體驗**。我也喜歡以長途火車移動，細看風景，在車廂與陌生人交流，又或與自己內心對話，沉澱下來。

- 喜歡**一人之境、自由自在、無拘無束**的感覺，所有事情都**隨心隨意**，沒有既定的行程，也沒有錯過的景點，一切**隨遇而安**。

- 喜歡獨處，一個人旅行，**每天都與自己內心對話，漸漸認識自己更多**。

- 一個人旅行其實並不孤單，很容易認識新朋友，遇到很多世界各地的旅伴。

📍 每天都是一場鍛鍊

　　一個人旅行看似很浪漫，卻有千百件事要處理，言語不通、迷路、生病，每天都是一場浪漫的鍛鍊。一個女生陸路旅行、去第三世界國家探索未知，彷彿代表著冒險的旅程。旅途中只要稍一不慎，可能危機處處，我感恩自己還活著，在旅程中我學懂提高警覺，保護自己。以**安全的方式探索世界**，減少在旅途上遇到的危險的風險。

TIPS

 一個人在旅途上，我會避免晚上外出。在歐洲，晚上我多數會在旅館自行準備晚餐，如果要外出，通常是離旅館不太遠的地方。如果要去一個新地方，我安排交通時，會選擇白天便到達的班次，避免入夜後才到達，還要看著手機地圖、拿著行李找旅館。

 衣著樸素，外套口袋要有拉鍊，貴重東西不外露。將護照、現金放在貼身包，連睡覺、洗澡也帶著。

 背包長期帶備小電筒、小哨子、少量乾糧，以備不時之需。背包不放貴重東西，但放少量後備現金在行李及背包。

長途旅行準備篇

出走前有許多東西要準備。

📍 行囊

- 行李箱
- 背包
- 小斜袋
- 貼身腰包

📍 四季衣服

- 長袖衫三件、短袖衫四五件 （要輕、薄及快乾的）
- 長褲兩條、棉質打底褲二三條、短褲一兩條
- 貼身保暖內衣二三件
- 羽絨褸一件、防風褸一件、輕薄外套一件
- 舒適的鞋及拖鞋各一
- 襪幾對
- 內衣幾件
- 頸巾、冷帽及泳衣各一

◉ 日用品

- 護膚品：平時慣用的護膚品，我到歐洲時才再買。
- 洗漱用品：帶了幾件手工皂，可減少旅行為當地帶來的污染，後來在當地買洗頭水。

◉ 其他用品

快乾浴巾、梳、旅行衣架、旅行風筒、指甲鉗、小電筒、小哨子、防狼器、小軍刀、安全藥、太陽眼鏡、超輕雨傘、輕巧的錢包、塔羅牌、多國一個月網絡卡、歐洲一年網絡卡（其他大部分國家在當地買網絡卡）及證件相。

◉ 後備用品

後備手機、全球通用網絡卡及護照、針卡影印本。

我去長途旅行比去幾天短途旅行所帶的東西還要少，行李箱還要細，因為短途旅行時，會帶多些衣服每天更換，亦會預留行李箱空間，放戰利品及手信。長途旅行我會洗衣服，亦不會買不必要的東西。

📍 準備事情

- 辭工
- 放租物業
- 斷捨離
- 將物品逐一影相放上網賣 （包括大件傢俬、電器、衣飾、小品）
- 聯絡非牟利機構上門收捐贈物
- 找迷你倉
- 申請 BNO
- 申請簽證
- 購買旅行保險
- 投資（賺穩定利息收入作旅費）
- 兌換美金
- 啟動提款卡海外提款功能
- 處理信用卡有效期
- 改低用量電話計劃
- 更改及處理郵寄地址、改電子賬單、自動轉賬及家居寬頻
- 將護照、身份證、針卡等文件上載雲端及手機備份
- 選購拍攝功能佳的手機
- 打防疫針
- 做身體檢查、洗牙
- 多用餘下的美容療程及處理延長有效期

◉ 下載常用 App

- Google Map
- Google Translate
- Booking.com/ Agoda/ Airbnb/ Hostelworld
- Rail Planner/ Grab/ FlixBus（在當地再下載交通App）

◉ 準備心態

- 放下舒適圈、香港的家人朋友、工作賺錢、物質生活
- 放下住豪華酒店、吃米之蓮的旅行模式
- 用積蓄過活
- 生活模式的改變
- 懷著探索未知、擁抱世界的心
- 獨處，一個人面對所有事情
- 接受文化差異
- 接受自己皮膚變黑

TIPS

簽證

我落地簽證的國家：柬埔寨、老撾、緬甸。
我預先申請簽證國家：土庫曼、伊朗、越南，
現時，持特區護照已可伊朗免簽。

護照

持特區護照只可以在歐洲神根地區一百八十
天內免簽停留九十天，所以在歐洲期間，有
些國家我選擇以 BNO 入境，譬如英國。

旅遊保險

當時單次旅遊保險的最長保障期為九十天，
每次以香港出發計算，所以我在旅行的後期
沒有保險保障。而全年旅遊保險的最長保障
期較單次的短，所以我當時選擇了購買單次旅遊保。

現時很多單次旅遊保險的最長保障期已延長至一百八十天。

旅途中，我在網絡申請了三次索償：
第一次，在西寧看醫生，其實只不過是幾十元的醫療費用。
第二次，在泰國曼谷看醫生，索償了幾百元。
第三次，在土耳其時行李箱爆裂了，也索償了幾百元。

兌錢

在歐洲大致可以用信用卡、提款卡。但在伊朗及中亞地區，建議帶備足夠現金兌錢，而我會用美金兌錢。

網絡卡

我在鴨寮街買了張「3」推出的全歐洲通用365 天 12GB 網絡卡。首次啟用後，必須每三個月過境英國一次才能繼續使用，所以我到歐洲三個月後，去了一趟英國，再過三個月去了英國海外領土直布羅陀，就可以在歐洲九個月毋須更換網絡卡。

以上乃作者當時旅行的資料，與今天的資訊可能有別。

旅行是放下習以為常的模式，
尋找不一樣的生活方式

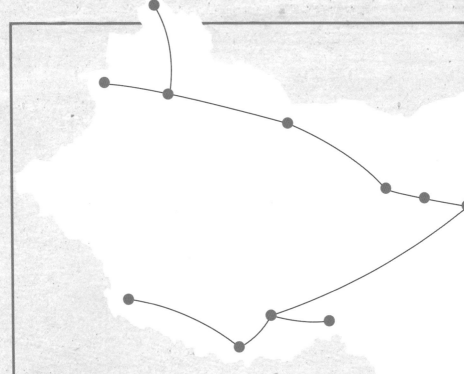

邂逅之地：
西藏、西寧、青海、新疆、敦煌、張掖、西安

01

中國篇

離天堂最近的地方——

二零二四年《世界幸福報告》排名

中國：60

計劃趕不上變化 ——絲綢之路

那年盛夏，我放下香港的一切，懷著興奮的心情，以不一樣的方式去體驗生活，開始一場回歸自然的心靈之旅。我計劃的第一站是西藏高原，途中在中轉站海拔二三千米的西寧稍作休息，停留兩晚，以便適應高原氣候。出發前，阿姨說她也想去西藏，我們一起出發，她打算和我在西藏玩三星期。

那天，在火車站跟媽媽道別後，便踏上我的陸路之旅。我由上水出發，去深圳過關，坐高鐵去廣州，再坐三十幾小時綠皮火車去西寧。我訂了臥鋪，累了就躺著休息，餓了就去餐卡用膳，搖搖晃晃著很快就到達西寧。

到達西寧，我已開始嗅到自由的空氣！

　　我想遊覽青海茶卡鹽湖，欣賞幻境般的天空之鏡。剛
到埗，我們便去報名參加青海兩天團。第二天清早出發，
我們的團十多人，剛剛好坐滿一架小型巴士。

在海拔三千米的茶卡鹽湖，彷彿天地顛倒，湖天一色，宛如天空之鏡。遠眺白濛濛的湖面，看似冰，也似雪，走近就見到湖面佈滿鹽的結晶。我在鹽湖興奮地走來走去，拿著隨風飛揚的頸巾，借過無人的角度，拍下一張張美麗的照片，記錄天空之鏡之美及無拘無束快樂的笑容。

我在鹽湖蹦蹦跳跳後，身體開始不適，有點頭痛，在長途車程中已忘記嘔吐了多少次。當車子駛到大美的青海湖外，我也沒有力氣下車去看無邊際的金黃油菜花田。晚上到達旅館後，大夥兒外出吃羊肉，我卻獨個兒留在房間睡覺，還開始發燒、腸胃不適，嘔吐後稍為精神一點，才有力氣去洗澡。

第二天，我仍然非常不適，跟大夥兒去吃午飯，我嗅到濃烈食物的氣味更想嘔吐，連清淡的青菜也吃不下，只

吃了幾口白粥。回西寧的路上，剎那我在想，旅程剛開始就病倒，自己是否可以繼續走下去，我是否適合出走，還是應該坐在辦公室嘆著冷氣工作？幸而，面對挑戰，我沒有輕易放棄，先接受，再面對處理。

回到西寧後，阿姨帶我去醫院，我以為自己是高原反應，醫生卻說我是患感冒。感恩有阿姨悉心照顧，煲粥給我吃，幫我打點一切。但因為我身體不適，暫時不適宜去西藏高原，所以我們退了去西藏的火車票，抱歉令她去不成西藏。

我們慢慢地體驗西寧的生活。我愛上了西寧的寧靜，愛上西寧不嚴熱的夏天，愛上西寧的肉夾饃，我們漫無目的搭巴士，四處逛逛，我們還去看樓盤，說笑要在西寧辦民宿。

休息了幾天，我的身體已漸漸康復，但我們沒有買西藏的車票，反而改變行程，踏上絲綢之路。計劃趕不上變化，本來計劃在西寧、青海逗留兩、三天就出發去西藏，卻變成在西寧休養後再去絲綢之路。也許，世上唯一不變的就是改變。

我們踏上古絲綢之路，感受新疆的高山湖泊天山天池，峽谷群山中天上人間的喀納斯湖；張掖七彩斑斕的丹霞；敦煌壁上洞窟，石刻壁畫莫高窟，大漠戈壁鳴沙山，沙漠奇觀月牙泉；西安世界八大奇蹟的秦始皇兵馬俑。我腦海裏出現二、三千年前，古人騎駱駝穿越山川沙漠，三千里艱辛長征的畫面。

　　遊過絲綢之路後，阿姨搭飛機回香港，而我就踏上富
有濃厚宗教色彩的西藏之旅。

離天堂最近的列車
——青藏鐵路

西藏位於中國西南部，平均海拔超過四千米，被稱為「世界屋脊」，其東南面是世界海拔最高的山脈——喜馬拉雅山，其主峰為地球第一高峰——珠穆朗瑪峰。西藏有上千高山湖泊，湖水碧藍，水天相連。神山聖湖，對藏民心中別具意義，圍繞神山岡仁波齊轉山一圈，可洗盡一生罪孽；圍著三大聖湖：納木措、羊卓雍措、瑪旁雍措轉一圈是功德無量的修行。超過八成西藏人信奉藏傳佛教，到處飄揚著印有經文的五色風馬旗，轉經輪無處不在，在藏民心中，每轉動經輪一次，就是念誦了一遍輪內的經文。

　　我坐上被喻為人生必坐一次的列車——青藏鐵路，期待著將要踏上西藏這片靈性的土地。　同行還有之前在新疆火車上認識的長沙人小胡，他趁三十之齡前獨自出走，在國內旅行兩個月，我們相約在西寧出發，一起坐青藏鐵路去拉薩。

　　火車不僅是到達目的地的交通工具，當中的移動也是旅程的一部分。我享受這二十多小時的過程，除了晚上睡覺，其餘時間我都坐在窗旁，欣賞窗外跨越二千公里的流動風景，不想錯過高原的犛牛、羚羊，七月炎夏的雪景、雪山，無邊際的荒地、湖泊，還要用鏡頭捕捉這些流動的風景，不經不覺地殺掉時間。

　　二十多小時後，終於到達西藏拉薩，再沒有玻璃窗阻隔，可以親身踏足這片離天堂最近的高原淨土，展開了西藏六十天之旅。我懷著興奮的心情，卻刻意放輕呼吸，放慢腳步。

　　西藏是高原之地，拉薩海拔三千六百米，對於並非生活在高原的人，容易出現高原反應，輕則頭痛、嘔吐和發燒，重則肺水腫和腦水腫，甚至可致命，幸而我在西藏沒有高原反應。

　　這趟人生必坐一次的列車，載我到距離天堂最近的地方，讓我欣賞絕美景色，體驗西藏文化，認識好人，感受好事，慢活下來，在西藏閱讀過一本書，其中一句話令我印象深刻：人生那麼長，偶爾需要停下來；人生這麼短，偶爾需要停下來。

　　人生那麼長，總不能每天每秒在衝，偶爾需要停下來休息一下，休息是為了走更遠的路。而人生亦無常，我們無法知道自己明天是否仍然活著，與其想著未發生的事，更應活在當下，做自己想做的事，過自己想過的生活。

不一樣的體驗——西藏林芝

我和小胡在拉薩待了兩、三天，確定身體沒有不適，沒有高原反應後，就出發去林芝，遊魯朗、聖湖巴松措。

林芝位於西藏東南部，平均海拔為三千一百米，是西藏海拔最低的區域，屬高原半濕潤氣候，樹木茂盛，含氧量較高。在西藏遇過不少人經三一八川藏公路，自駕從林芝入藏，除了可逐漸適應海拔上升，減低高原反應的機會，亦可欣賞被譽為中國最美的景觀大道。

藏地面積大，除了在拉薩市中心可以自己打的或坐巴士。要去其他地方玩，路程遠而且偏僻，一般只有兩個選擇：自駕遊和報團。而我們去林芝，不是自駕，也沒有報團，而是自己搭公車！回拉薩後，我告訴當地人我們在林芝自由行，幾乎沒有人相信。如果只有我一個人，我也不敢挑戰這高難度。

我們想去魯朗，要先在八一鎮轉車。我們去公車站找去八一鎮的公車，公車要坐滿乘客才開車，我也忘記等了半小時還是一小時，公車約四十個座位，殘舊不太舒適，公車上看似只有當地人，並沒有其他遊客。五個多小時後，我們到達海拔二千八百米的八一鎮，由於

時間已經不早，我們決定在八一鎮找旅館住一晚，明天再出發去魯朗。

第二天，我們坐了兩個多小時公車，下車後走了差不多一小時才到達魯朗。魯朗是一個綠油油的地方，含氧量高。我漫無目的在田園間漫步，感受大自然的恬靜。晚上住在山谷田園間，閒時看花、看草、看稻田，生活就是這麼簡單。

離開魯朗過後，我們找拼車去聖湖巴松措，巴松措翡翠綠色的湖水令人心醉。之後，我們去卡定溝天佛瀑布，瀑布雄偉壯觀，由海拔三千米飛流直下至二千八百米，此落差二百米的瀑布，被大風一吹，水花亂濺，是我見過最氣勢磅礡的瀑布。

最後，我們回到拉薩，一起玩了十天後，我繼續留在拉薩，而他就去華山。感恩在旅途上遇見小胡，與我在林芝自由行，讓我有不一樣的體驗。

我慢慢地在拉薩生活，在這寧靜的土地上，沒有刻意要趕的事情，也沒有要調的鬧鐘，晨曦的陽光把我喚醒。

我在西藏過著簡單的生活，呼吸著低氧的空氣慢活下來，每天看看書，聊聊天，聽聽故事，早上喝杯茶，晚上喝口酒，生活就是這樣，享受現在，不活在過去，不想明天，只活在當下。

慢活拉薩——西藏拉薩

我在達蘭客棧住了一個多月，客棧的書屋環境很舒適。白天，我喜歡坐在書屋看書，喝著茶跟前台聊天，替有緣人看看塔羅牌；有時候會到薯伯伯位於三樓的風轉咖啡；偶爾也會到羅布林卡呼吸新鮮空氣。晚上，客棧會播放電影，我常喝口酒看電影，睏了就睡。

客棧老闆一個人來西藏住了十幾年，他熱愛徒步登山。農曆八月十六，他帶我們一行十多人去黑布村露營追月，我們穿著厚羽絨，享受營火會，吃美食，喝啤酒，看日落日出、星空圓月，這是我第一次睡在帳幕，牛群睡在不遠處，半夜還聽到不知是狗還是狼的叫聲，這些都成了我美好的回憶。

　　客棧成為了我在西藏的家。在這裏我更收穫了我在西藏的姊姊和妹妹，姊姊是個喜歡看書的成都人，她也是我在客棧接觸的第一個人——前台員工；而妹妹則是位二十多歲的藏民，家鄉山南，是客棧內健談可愛的前台員工。

　　客棧的姨姨每天都會做飯，通常是三、四個家常菜，外面的東西吃厭了，我就跟他們一起拼餐，就像一家人吃飯那樣。最初因為薯伯伯的風轉而來達蘭，最後，卻因為達蘭而不捨得離開西藏。

漸漸地，我對客棧產生了感情，讓我在阿里回拉薩的路上第一次感受到在旅途中回家的感覺。後來，我常常將「回旅館」說成「回家」。Home is where the heart is!

一個人來到西藏，但來到西藏後從來都不是一個人，除了西藏的家，還感恩在西藏遇到的好人和好事，這些都構成我愛上西藏的原因，也成旅程中美好的回憶。

　　世界文化遺產布達拉宮，神聖而宏偉，傳說布達拉宮
深處，藏著通往世界樂土的通道。我幾乎每天都經過布達
拉宮，在拉薩慢活了幾個星期才開始做觀光客，到離開西
藏前幾天，才正式遊覽布達拉宮。

　　我間中會坐公車去八廓街一帶逛逛，到大昭寺看五體
投地、三跪九叩的朝聖虔誠藏民，在大昭寺外磕長頭的信
徒，或許他們身上的衣服都帶有泥濘污垢，但他們的心是
最純潔的。信仰可以讓人虔誠到不在乎物質和生命，苦與
樂是自己內心的選擇。

　　西藏人善良，對宗教虔誠，但是從他們的臉上，卻找
不到輕鬆快樂的笑容。人人在追求快樂，但為何快樂的人
不多呢？

在西藏慢活了一個半月後，開始入秋，正好過了雨季，我想去看看秋天的阿里，聽說顏色會比夏天更豐富。

阿里位於西藏西北部，是西藏平均海拔最高的地方，平均達四千五百米以上，它有著豐富自然景觀及沒邊際的無人區，那裏沒有喧囂的遊客，只有野犛牛、羚羊這些高原流動的風景，和藍天白雲、晴空萬里、荒蕪人地、碧綠湖泊，被喻為西藏最原始、最美麗的地方。

世界第三極
——西藏珠穆朗瑪峰及阿里

　　我報了阿里八天拼車團。拼車團沒有導遊，只有司機載我們去各個景點，景點門票及中午晚三餐自費，我們的團有十五人。八天的行程沿途風景美得使人窒息，彷彿要把一生的風景都看過。我遊了日喀則、羊湖、卡若拉冰川、珠峰、絨布寺、薩嘎、錯浪湖、大草原、鬼湖、瑪旁雍措、仲巴、塔爾欽、公珠措及古格王朝。阿里古格王朝，輝煌了七百年，在三、四百年前十萬民眾突然消失，是否像瑪雅傳說一樣，被外星人帶走呢？

　　往珠穆朗瑪峰的路途很長，在十多小時的車程中，除了午餐和洗手間，就只有崎嶇的路，路雖崎嶇，卻可多看幾道風景。經過九彎十八拐的山路後，終於到達海拔五千二百米的珠峰大本營，瞻仰八千八百四十八米，被稱為世界第三極的世界之巔。珠穆朗瑪峰是無數登山者的目標，也是無數勇士長眠的歸宿，也許，這就是離天堂最近的雪地。

　　珠穆朗瑪峰在夕陽的餘暉下染成綺麗的金黃色，夕陽無限好，而天空已悄悄變成漆黑的一片。作為世界第三極的珠穆朗瑪峰，沒有充足的氧氣，卻有日出、日落、星空、銀河和帳篷內的笑聲，在這裏可以感受天地間的純淨。

　　我和團友們在帳篷裏吃晚餐——自攜的乾糧和杯麵，我們一邊喝啤酒，一邊唱歌。我們蹦蹦跳跳拍照，有團友挑戰人體極限，在海拔五千二百多米做運動，看來大家已適應高原氣候，但也有團友出現高原反應，需要吸氧氣。

　　晚上十一時多，在零下的溫度下，我們穿著重裝備：厚厚的羽絨、防風褲、冷帽、頸巾和口罩，走出帳篷，夜幕已經將珠穆朗瑪峰隱藏，剩下滿天星塵的夜空，瀰漫著自由的空氣，漆黑的夜空有許多流星劃過，這是我第一次看到如此震撼的星際，是人生最難忘的星空銀河。

　　團友用專業相機替我們每人拍下繁星的照片，我們

無懼低溫，拿著電筒，呆站著等待兩分鐘的曝光時間。高原很冷，風很大，雖然我沒有高原反應，但也吹得有點頭痛，還是躲進帳篷裏，吃下我在西藏的第一粒止痛藥，就去睡覺。

我們十五人窩在帳篷裏睡在鋪上藏式圖案墊的木椅上，每人只有大概兩尺的空間，逼得不能轉身，覺得非常受束縛，睡得不好。回想在阿里的八天裏，珠穆朗瑪峰的那一夜是難忘的，也讓我感恩能夠在自由的空氣下活著，選擇自己想過的生活。

旅行，
讓我們遇見不一樣的自己

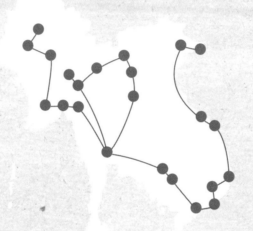

邂逅之地：

越南、柬埔寨、泰國、老撾、緬甸

02

貧窮國度——

東南亞篇

二零二四年《世界幸福報告》排名

越南：54　泰國：58　老撾：94　緬甸：118　柬埔寨：119

二千一百八十公里長征——越南

我從南寧乘搭過夜火車去越南河內，這班火車每天只有一班，晚上六時多由南寧開出，第二天清早到達河內。我預計到達南寧的時間是晚上六時，所以時間非常緊迫，到達後，還要找特定的櫃檯，購買過境火車票。如果火車延遲到達，我就要在南寧找地方住一晚，然後乘搭下一天的火車，**旅途上就是充滿未知與不確定**！幸而，火車準時到達南寧，買車票的過程也順利，最後我趕及在開車前十分鐘衝上火車，踏上越南之旅。

越南曾被中國統治以及被法國殖民統治，直至一九七六年越南才統一。我參觀了以記錄越戰的戰爭遺跡博物館。一九七六年，一個離我們不太遙遠的年份，越南才能走上和平的道路。越南經過多年戰火的洗禮，人民再沒有安穩和快樂，只有不安和恐懼，連生命也完全無法掌握時，一切都不再重要了。

越南是一個充滿人情味的地方，越南人很友善，D是我遇過最好的旅館職員。有一晚，我餓了但不想外出吃飯，她主動幫我去買食物。另一個晚上，她放工後，騎著電單車帶我吃地道街頭小食。當時她十八歲，是個大學生，在旅館做兼職，能操流利英文，是個可愛的美人兒，不過，後來在社交平台見到的她，已經不是當年的面孔。也許，**世上沒有永恆不變，人在時間流逝中稍稍地改變。**

越南有很多咖啡店，我從前不喝咖啡，不喜歡咖啡的味道，然而，我在越南每天都會喝越南咖啡，甚至愛上了咖啡。越南飲食文化有一特色：越南人習慣坐在很矮的椅子上用餐。越南有很多街頭美食，消費很低，越南河粉港幣十多二十元；越式法包港幣幾元至十多元；越式地道咖啡港幣幾元，西式咖啡港幣十多元；旅館床位一晚港幣四、五十元；洗衣服務一公斤約港幣十元。

　　越南有許多巴士往返各大旅遊城市,我坐巴士由北至南下去不同城市,車程共二千一百八十公里,當中坐了兩次過夜巴士,最長途的是河內去峴港,八百公里,用了十六小時。

　　越南的巴士是我在東南亞坐過最舒適的夜巴。巴士分二排,兩排靠窗邊及中間一排,每排有上下格,床位的長度對於我來說是足夠的,當然對身型高大的就有點窄及要屈膝。上車需要除鞋,將鞋子放在膠袋內,所以車廂亦算乾淨,而巴士上有微型洗手間。長途巴士每隔幾小時都會停車十多分鐘讓乘客下車去洗手間,當中一次停車時間較長,停泊在公路上餐館,約三十至四十分鐘,可以吃晚餐,我通常會吃碗越南河,然後去刷牙洗臉,上車後就進入睡眠狀態。

　　越南滿街都是電單車，是當地最方便的交通工具，更可以用 Grab 打車。初到越南時，我仍未習慣坐電單車，所以總是用 Grab 打四輪車。後來我第一次坐上越南電單車時，一手緊握座位邊，另一隻手放在司機肩膊上，司機一手把我的行李夾在他的大腿間位置，這對他們來說只是平常事，我卻有點害怕。後來在越南久了，習慣坐電單車後，便愛上它那飛馳的快感。

三千二百公里海岸線

——越南

越南的海岸線長達三千二百多公里，我沿著海岸線一直南下。由北越到南越，遊河內、下龍灣、峴港、會安、芽莊、大叻、美奈、胡志明市，每個地方各具特色。

網絡上的評價指越南治安不好，尤其是首都河內和胡志明市，所以我都到訪時都特別提防。

下龍灣有「海上桂林」之稱，被列為世界自然遺產。我在下龍灣出海玩獨木舟，去沙灘玩玩，在船上搖搖晃晃過了一夜。

峴港是越南中部的沿海城市，是我最愛的越南城市之一，著名的美溪沙灘綿延三十公里。在我待在峴港的八天裏，每天早上都會去咖啡店寫文章，中午去吃法包或河粉，然後回旅館休息，有時傍晚去海邊散步，享受一個人靜靜坐在沙灘上看日落，喜愛這裏的恬靜悠閒。

會安是一個浪漫古城，晚上掛滿燈籠，是浪漫邂逅的最佳場地。我和在旅館新認識的巴西女生，一起去會安附近的占婆島（Cham Island）玩。我們坐快艇去占婆島，船長開得快，非常顛簸，我握著欄杆，掌心有點出汗。中途快艇壞了，要在大海上等待換另一艘快艇再出發。到達占婆島，因為當時不適合潛水，不懂游泳的我穿著救生衣在大海玩浮潛，開始時有點怯，後來漸漸很享受大海的自由。

　　從占婆島回來，我在旅館的露天泳池喝著果汁玩玩水，認識了葡萄牙男生 M，他長途旅行一年多，旅行期間他定期在葡萄牙電台節目講述旅行經歷。他是一個健談的人，跟他聊了一會，就坐上他的電單車遊會安古城。第二天，他有別的事要去河內，我們就說再見。

　　芽莊是一個夜生活精彩的沿海城市。有一晚，我和在旅館認識的上海女生一起去酒吧湊熱鬧，喝瓶 Corona 啤酒，誰知兩三年後仍天天對著 Corona Virus。

　　大叻是一個花都、越南的後花園，感覺像身處歐洲。這裡海拔一千五百米，是越南的避暑勝地，晚上只有十多度，短短一日間感受氣溫相差接近二十度，由短衫、熱褲，變成穿薄羽絨、長褲，晚上外出都覺得很冷。

　　美奈是一個純樸的漁村，椰林樹影，擁有原生態與回歸大自然的味道。這裏有綿延壯麗的紅沙丘、白沙丘，恍如置身沙漠中，可以騎著越野車在沙漠馳騁，或是坐在沙質細膩柔軟的沙丘上，欣賞浪漫的日落。

　　我在美奈入住茅草屋的旅館，茅草屋用天然材料建造，內部結構用竹木支撐，茅草屋兩層高，每當上落樓梯及在屋內走動時，會聽到竹與竹磨擦的聲音，屋內沒有門，房內沒有床，只有床褥和床褥上的蚊帳，房內也沒有冷氣，但有自然風吹送，非常有特色。我在茅草屋剛巧遇上颱風天兔，感受到強風穿過茅草的罅隙，呼呼地在屋內吹，強風刮得連樹葉也吹進來，那兩晚我睡得不好，一直在想茅草屋會被颱風吹到倒塌嗎？

　　胡志明市，原名西貢，是越南的前首都，也是最繁榮
的第一大城市。胡志明市是我在越南的最後一站，那時我
已經待在越南差不多一個月，很久沒有見過高樓大廈、連
鎖店、名店，在胡志明市簡直有重返城市的感覺。**天天在
城市生活，就渴望大自然的寧靜與自在；簡樸的生活過久
了，才發現城市的樂趣與方便。**

　　我和 M 在會安分別後，一直保持聯絡，我們相約在胡
志明市再見面，一起去柬埔寨。

我和 M 坐了十四個小時巴士，五百六十公里，由越南陸路去柬埔寨，在關口辦了陸路落地簽證，就順利到達柬埔寨。

柬埔寨古稱高棉，是昔日輝煌的吳哥王朝，如今卻是全球最不發達國家之一。柬埔寨首都位於金邊，九成以上人信奉佛教。我去柬埔寨，目的就只是去吳哥窟。吳哥窟位於暹粒，是失落的古老文明，被列為世界文化遺產，是世界上最大的廟宇，也是世界上最早的高棉式建築。

有一種美叫淒美

——柬埔寨吳哥窟

我們買了三天票，用三天遊遍吳哥的小圈、大圈及外圈的佛塔建築。我們還租了篤篤車，短至幾分鐘，以至一小時的路程，我們都以篤篤代步。這幾天烈日當空，我第

一天穿短袖衫、窄腳長牛仔褲、拖鞋。不到半天，已熱得發瘋，買了一條東南亞風鬆身褲，立即換上。**遊艷陽下的吳哥，就是汗水與歷史的結合。**不知是否穿拖鞋走了太多路，腳掌有點腫脹，走路時有些微疼痛。

柬埔寨的交通明顯沒有越南那麼繁忙，篤篤就是柬埔寨最常見的交通工具；柬埔寨用美金，消費水平比越南略高；柬埔寨人英文水平偏高；吳哥內有很多七、八歲小童兜售紀念品，他們精通多國語言，為了謀生，用不同語言推銷紀念品。柬埔寨物質貧乏，**也許，在條件不足的情況下，讓人更拼搏。**

漫遊吳哥的佛塔建築，**放下生活束縛，活在當下，**欣賞吳哥在佛塔襯托下的日落。而吳哥的日出更美得使人窒息，破曉前天空湛藍，太陽把天空換上橘黃色的彩霞，充滿朝氣活力的晨曦，是人生不能錯過的日出。**如果有一種美叫淒美，應該是形容失落的古老文明吳哥窟了。**

之後幾天，我約了香港朋友Ａ在曼谷，就跟Ｍ在柬埔寨道別。

遇見不一樣的自己
——泰國曼谷

　　柬埔寨出境後，經過三不管地帶，從陸路入境泰國，目的地是曼谷，重返喧鬧的城市，曼谷市中心交通非常繁忙，在此之前我已經幾個月沒有見過塞車了。

　　這些年間我到訪過曼谷許多次，**這次卻有不一樣的體驗。**

　　在柬埔寨時，可能是走了太多路，左腳掌有點腫脹，走路時有點痛。考慮到未來還有很長的路要走，因此在還未惡化之前，我決定先看醫生。在曼谷第二天早上就去醫院看醫生，醫生說只是走了太多路，並不嚴重，之後開了些藥膏給我，吩咐我好好休息。

　　看完醫生後，我並沒有立即休息，而是會合專誠從香港飛來，找我同遊曼谷四天的朋友 A。這幾天，跟我之前的窮遊模式完全不同，我們每天都不停逛街及大吃大喝。還記得從前的我喜歡逛商場購物，在翟道翟會買許多戰利品，現在卻提不起勁。

　　長途旅行，行李空間有限，購物會加重背包負荷，**漸漸我對物質沒有太大需求，我才發現，自己悄悄在改變中，我遇見不一樣的自己。**

幾天後，朋友 A 回港，我就去清邁禪修，禪修是我的旅程計劃之一，只是提早了，因為我想讓雙腳休息一下，**休息是為了走更遠的路。**

我訂了去清邁的火車。在泰國經常坐的士和 BTS，坐火車還是第一次。我買了當晚六時由曼谷出發的火車，第二天早上七時到達清邁。上了火車，原本只是普通的座位，但到了晚上，職員會把座位變成床位，鋪上床單。而這程車，最特別的地方是十分寒冷！在炎炎夏日的泰國，車廂外的人穿短衫短褲，而我在車廂內穿著羽絨及兩條長褲也不夠暖。

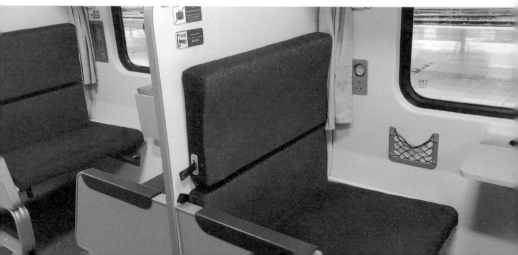

禪修——泰國清邁

我去清邁的悟孟寺（Wat Umong）禪修。悟孟寺位於素貼山山腳，被大片樹林所圍繞，有七百多年歷史，是一座隱身山林的古老寺廟，環境清幽古樸。

我在悟孟寺一星期的禪修生活，大部分時間都在坐禪。坐禪時，閉目盤膝而坐，調整呼吸，不想任何事情，若有任何過去與未來的念出現，則專注於當下。

- 天未亮，四時敲鐘起床，開始坐禪。
- 七時吃早餐。
- 坐禪。
- 十一時吃午餐。禪修是過午不吃的，即十一點午餐後就不再吃食物，沒有晚餐，只有早午餐。帶領我們禪修的高僧說，食物只是用來維持生命的。吃飯就是吃飯，覺知自己在吃飯，保持正念。
- 坐禪。
- 間中行禪，行禪時，走路就走路，覺察當下的狀態，保持正念。

- 下午有休息時間，可自行梳洗，我喜歡到寺外池塘走走，看看白鴿。
- 坐禪直到晚上九點。
- 晚上在寺內一棟兩層高的簡陋房子中，幾十呎的獨立房間裏睡覺、休息，裏面什麼也沒有，只有一塊薄薄的軟墊，鋪上一塊布就在上面睡。寺廟裏沒有任何物質，過著簡單的生活。

禪修，也叫靜修，就是止語的意思，不跟人聊天，只跟自己內心對話。對於不愛說話的我來說，止語就是做最真實的自己。一個人旅行，有很多跟自己相處的時間；禪修時，所有都是我自己的空間。

現代人習慣每天用手機作溝通，接收大量資訊，亦佔據了很多時間，禪修日子，我把手機放下，**數碼排毒**，遠離喧囂，清空雜念，淨化思維，禪修讓我感到喜悅。

其實，禪修不只在深山寺廟裏，而是在**每天的生活中**。

四人行 ──泰北

我在悟孟寺享受了一星期簡單而寧靜的禪修生活後，來到拜縣，拜縣位於泰國西北邊，鄰近緬甸，從清邁出發去拜縣，要在連綿起伏的山巒中，經歷七百六十二個彎，三、四小時才到達這個叢林山中的小鎮。在車上聽到不少嘔吐的聲音，因為七百六十二個彎的山路實在太顛簸了。路不在腳下，而在心裏。或許，把彎路走直的人是聰明的，把直路走彎的人是豁達的，可多看風景。

在拜縣的旅館，我重遇在清邁時認識的率直荷蘭女生 K，也認識了追求自由的法國男生及敢言敢行的法國女生，接下來幾天，我們四人一起玩、一起笑、一起喝酒。

我們一起去清萊，清萊是泰國最北方的都府，是泰國、老撾、緬甸交界的神秘金三角，曾經是鴉片的最大產地。我們參觀了震撼眼球的白廟、藍廟；站在清萊高地遠眺緬甸色彩繽紛的木屋；搭船沿湄公河去老撾木棉島，短短幾十分鐘船程，不需過關，也不用簽證，可作短暫停留。

有一晚半夜我被拍醒:「Do you wanna go out with us?」K 在我床邊輕聲說。

「What?」我睡到矇矇矓矓。

「……」其實我也不知道 K 在說什麼。

「Now?!」我還是答應了,當時清晨五點左右,房內其他人都在睡,我們四人靜悄悄地梳洗準備出去。

原來,是看僧侶化緣!我們五點多出發,天還是黑的,我們沿著早市場方向走,天空漸漸變灰,再變亮,開始見到很多僧侶,托缽到早市場化緣,信徒們會恭敬地將食物放在僧侶的缽上。南傳佛教的東南亞國家,仍存在這個布施文化的特色。

　　平安夜晚上，我們去的士高體驗泰北的夜生活，四個不同文化背景的人，開開心心地過了幾天熱鬧的日子。聖誕節那天，我們各自上路，我買了去老撾的巴士票，在普世歡騰的聖誕夜，獨個兒在巴士搖晃，繼續一個人之旅。

　　旅途中不斷認識新朋友，一起上路，然後又不停分離。

倒數
——老撾

老撾，又名寮國，是最不發達國家之一，物質貧乏，亦是東南亞唯一的內陸國，首都位於永珍，是少數首都在邊境的國家。

坐了十多小時夜巴，在陸路口岸辦了落地簽證，清晨五點到達老撾龍坡邦，比預計時間早，下了巴士，想先去預訂好的旅館放下行李，下車地點距離旅館約三十多分鐘的步行路程，但天未亮，一個人走路有點危險，就搭當地的士篤篤車去旅館。下了車，在漆黑中走了幾分鐘小路就找到在小巷子的中間旅館門口，可是五點多旅館大門還未開，我在外面徘徊，等待差不多一小時，才見到旅館職員。

「不是這裏！」旅館職員說。這是我第一次去錯旅館！只好再找，幸好真正的旅館距離不遠，走幾分鐘路而已。

在老撾，我走訪過三個樸實的城市：龍坡邦、萬榮和
永珍。令我印象最深刻的地方是龍坡邦的關西瀑布，瀑布
底匯集成綠色的水池，細水溫柔，瀑布不一定氣勢磅礡才
叫人驚嘆。

在老撾，我遇過些比較有趣的事：

- 在永珍巧遇除夕，倒數迎接新年，我獨個兒走到充滿新年氣氛的廣場倒數，人在外地，反而會做一些平常自己不會做的事。

- 在東南亞認識的中國人實在不多，在萬榮認識了一個杭州男生，我們租了四驅車玩了一天，這是我第一次無牌駕駛，不過駕駛這種四驅車根本不需要車牌。這天才發現中西文化大不同，中國人真的特別好客，AA制似乎並不存在於中國人社會裏。

- 去老撾的酒吧，感受老撾人的熱情，當地人及遊客都擠擁在一起飲酒、跳舞。

　　我在老撾只逗留了一星期，就去找更有趣的事了。下一站返回曼谷，留下數天學習一件我未接觸過的事——鋼管舞。數天後，向緬甸出發。

東南亞最神秘之地
——緬甸

緬甸與中國雲南、孟加拉、印度、泰國、老撾接壤，是最不發達國家之一。緬甸一九四八年獨立，一九九六年對外有限度開放觀光，對於許多遊客來說，緬甸是東南亞最神秘之地。九成緬甸人信奉佛教，到處都能見到佛寺及僧侶，此外，諾貝爾和平獎得主昂山素姬的圖像亦隨處可見。

我從曼谷搖晃十多小時夜巴到泰北美索，準備從美索辦落地簽證，陸路進入緬甸苗瓦迪的邊境。大概是大清早關口未開，一下巴士，看見八、九個背包客坐著等過關，大家一邊等，一邊聊天，有的等了兩、三小時。幸而，當我等了十多分鐘後關口便開了。然後，我們一個接一個排隊等過關，明明前面還有幾個人才輪到我。但奇怪地，職員卻指著叫我排另一條隊，他用泰文跟我說話，我當然不知道他在說什麼，於是用英文回應，他這才知道我不是本地人，再排回原本那條隊。**每天在路上走，皮膚變黑了，經歷變多了**，漸漸我喜歡上自己的健康膚色，也常被誤會為當地人。

準備過關時，以色列男生 Y 問我：「Where are you from?」，展開了我們的對話，他過關後會去帕安，我告訴他我去毛淡棉，兩個都不是熱門旅遊城市，各自距離邊境車程約三小時，而兩個城市的車程相距一個多小時。

過關後，有兩架五座位車停泊等客，有幾個排在我們前面過關的人，剛剛上了車準備離開，而上另一架車的其他人，都是去帕安。我沒有堅持要去原本的目的地，反正也未訂旅館，就隨他們一起去帕安。一個人旅行的好處是，可以隨時改變行程，隨意隨心。

在緬甸，我看到些獨有文化風俗：

- 緬甸男男女女也穿特色裙子，男士穿的叫 Longyi，女士穿的叫 Tamane，是由一塊長方形的布在腰間綁成，我也買了一條。

- 緬甸人在臉上塗上黃粉，叫做 Thanaka，是將黃香楝樹磨出來的漿液，有防曬作用，我也融入風俗體驗一下。

- 緬甸的頭頂特色：緬甸女人不是用雙手拿東西，而是放在頭上。即使她們頭頂物件，仍能輕鬆走動。

這些獨有的文化風俗，都構成旅途上獨特的風景。

在緬甸的二十天裏，我遊訪了帕安、毛
淡棉、仰光、溝甘、曼德勒及茵萊湖。

我喜歡純樸恬靜的帕安和毛淡棉，在帕
安和毛淡棉，除了在邊境遇到的旅客，幾乎一
個外國人都沒有遇過。帕安是一個悠閒的河畔
鄉鎮，擁有大自然美景，純樸農村感覺。毛淡
棉是一個更純樸的地方，旅館的叔叔帶我走入
村落，看本地手工藝工業，傍晚去看日落，感
受晚霞的餘溫。

最純眞的笑容
——緬甸

我和以色列男生 Y 一起遊帕安，我們騎著電單車到
處遊玩。當地人見到我們駕電單車駛過，主動跟我們揮手
打招呼，他們臉上掛著最純真的笑容，是世上最燦爛的陽
光、最療癒的畫面。當地人非常純樸友善，我喜歡這些
未被商業化、未被污染的地方，可以體驗當地最原始的面
貌，最真實的笑容。

然後，我一個人前往緬甸最大的城市及前首都仰光，這裏喧鬧擠擁，人多車多。我和葡萄牙朋友 M 告別了一個月，當時我們約在仰光等，再一起去緬甸其他地方。

我們到了蒲甘王朝的首都，在擁有上千佛塔的歷史古城蒲甘，細味緬甸最絢麗的日出與日落，欣賞熱氣球伴隨太陽徐徐升起，蒲甘在晨曦的陽光照耀下更清淨脫俗。

我們遊緬甸最後一個王朝的都城曼德勒。在這裏，我
們走過全世界最長的柚木橋，坐火車越過緬甸最高、一百
零二米的谷特高架橋。

過後，我們遊緬甸第二大淡水湖茵萊湖，我們坐小船欣賞茵萊湖的美景，看漁民獨特的單腳划船捕魚，感受湖泊的恬靜。

當我們返回熱鬧的仰光，跟之前清澈的頻率截然不同。

幾天後，我和 M 再次道別。人聚人散，感恩旅途上的邂逅。

旅行是一場場人與文化的邂逅

邂逅之地：

哈薩克、吉爾吉斯、烏茲別克、土庫曼

03

伊斯蘭文化——

中亞篇

二零二四年《世界幸福報告》排名

烏茲別克：47　哈薩克：49　吉爾吉斯：75

（土庫曼沒有排名）

坐上了開往阿拉木圖的火車
——哈薩克

農曆新年期間,我回港過年,然後再出發去中亞,第一站是哈薩克。哈薩克在一九九一年前蘇聯解體後獨立,是世界上第九大國家,亦是世界最大的內陸國家,哈薩克領土遼闊,是其他中亞四國總面積的兩倍。

我先由上水去深圳,然後坐了五十小時的綠皮火車到新疆烏魯木齊。我一下火車,就到國際列車售票處購買翌日開往哈薩克阿拉木圖(Almaty)的火車票,我跟年輕的售票員說,我要買明天去哈薩克的火車票,她好像聽不懂我的話,然後找來一個較有經驗的,她聽懂了,給我賣票,但臉上有點詫異的表情。

第二天,月台檢票員好像從來沒有見過國際列車的票一樣。在火車上有五個鐵路人員,他們告訴我,我是今天唯一的乘客,我才明白售票員及檢票員的反應,同時意識到,我恍如踏上一趟二十六小時的孤獨旅程。

在火車上過了一晚,翌日我早上八時多睡醒,天還是黑黑的,接著,我就在火車上看著日出吃早餐。中午十二時左右到達邊境口岸霍爾果斯站,但原來四時才能過海關,現在只能夠在候車室呆等。幸好,鐵路叔叔很照顧我,帶我到冰天雪地的站外吃午餐,聊聊天,

逛逛超市，買大餅及蕃薯，所以時間過得特別快。感恩在火車上遇到的叔叔們，短短的旅程上，也感受到他們的關愛。

回車站過中國海關後，五時左右再開車，這次車上除了我，還多了兩位乘客，哈薩克的海關人員上車為我們蓋章。晚上十一時多，火車駛到哈薩克舊首都阿拉木圖。

由香港出發，坐了七十六小時火車，一百一十五小時後，終於到達阿拉木圖。坐長途火車，可以細看風景，沉澱下來，與自己內心對話，思考人生。這趟車我頓感幸運，感恩這旅程讓我接觸世界，而且遇到許多好人和好事。

　　一下火車又遇到另一件好人好事，H 是其中一個鐵路
叔叔的朋友，一位哈薩克女人，會説普通話及英語。她到
過不同的國家生活，她很喜歡中國，曾在中國工作了一段
時間，所以會説普通話。她到火車站找叔叔拿從新疆帶來
的東西，她知道我一個人，就開車把我載到旅館。

　　在阿拉木圖的之後兩天，H 當了我的導遊，把我帶到
當地的著名景點，也把我帶到她家作客，為我泡了普洱奶
茶，感恩在路上遇上 H。旅行時我喜歡跟當地人聊天，了
解他們的生活。哈薩克是中亞最有錢的國家，**平均月薪是
五百美元**。H 住的房子約五百呎，在當地算是中型尺寸，
可月供的。當地五百呎的房子約售六萬美金，也有像香港
一兩百呎的小房子，約一萬美金。當我告訴她香港的樓價
時，她感到很驚訝。

我離開阿拉木圖後，去了吉爾吉斯。吉爾吉斯是中亞地區最容易進入的國家，有九十一個國家免簽，旅遊業最開放，這次我用 BNO 免簽入境。

慢活吉爾吉斯
——吉爾吉斯

我在吉爾吉斯首都比斯凱克（Bishkek）申請土庫曼的簽證，漫長的等候，也慢活了十多天，比斯凱克的遊客少，街上的人也少。吉爾吉斯是一個多民族的國家，有著異域風情。伊斯蘭教是中亞的主要宗教，吉爾吉斯也不例外，接近九成人口是穆斯林。但走在比斯凱克街上，幾乎沒有見到穿罩袍戴頭巾的穆斯林女性，她們的衣著並不算保守，他們不常禱告，更會吸煙喝酒。

　　我在比斯凱克每天過著有規律的生活，早上去吃美味的包點、喝咖啡，午餐晚餐就吃壽司或西餐。我在當地的膠囊旅館住了很多天，我特別喜歡住膠囊旅館，密封設計，私隱度高，一般比較新淨，環境舒適。

　　我閒時跟旅館職員聊天，旅館職員告訴我，在吉爾吉斯三萬美元已能買到一層幾百呎的房子，按揭最長十年，但以他們**平均二百多美元的工資**，供樓租樓已佔大部份工資。而因為地震關係，他們的房子最高只有二十層。雖然人均收入不高，但人民隨和，生活休閒，治安也好，然而吉爾吉斯是沒有保險的。

　　在旅館認識了一個二、三十歲以色列女生，然而她並沒有以色列國籍，在吉爾吉斯等候以色列簽證已經九個月，由於以色列是一個政治宗教比較敏感的國家，即使她本身是以色列人，但在伊斯蘭國家住了那麼久，要取得簽證也絕非易事。她每天也會跟身在以色列的家人聯絡，有時我也在想，這些等待的日子她是怎麼過的呢？我在吉爾吉斯申請土庫曼的簽證，等了十天仍未有結果，心裏也有點兒忐忑，更何況是九個月的等待呢！原來，**在地球上某些角落，與家人見面絕不容易**！

實相
——吉爾吉斯

吉爾吉斯沒有大型鐵路,也沒有長途巴士,要去另一城市可坐共乘的士。共乘的士通常是五座位的私家車,上車前要跟司機議價。我在比斯凱克(Bishkek)找了共乘的士去奧什(Osh),車上還有四個男乘客。

吉爾吉斯被譽為中亞最美的國家,是一個攝影天堂。可惜我來到吉爾吉斯時已是冬天,再美的湖泊山巒,就只剩下白濛濛的雪景了。但在車上十四小時中看到的風景已足夠震撼。那天,我在車上寫了一堆文字:

- 車窗外,嗅到雪的氣味
- 雪山彷彿與天空連成一體
- 那麼遠,這麼近,彷彿伸手可及的雪山
- 縱使只有一片雪白,依然美得使人窒息
- 如果要為這趟旅程加上限期,我希望是一萬年

眼前風景有多美,其實取決於自己內心。

由於車程長，中途司機停車讓我們吃飯，車停泊的地方有些荒涼，我們走到一間有些簡陋的餐廳。他們點了炸魚，我也跟著點，沒料這炸魚非常新鮮，非常美味，還有配菜炸洋蔥，這是我人生第一次覺得洋蔥美味，有些東西憑外表是看不出來的。

晚上十時多，終於到達奧什，但司機找不到旅館位置，他於是打電話給旅館，然後有個十多歲的小男孩出來迎接我，旅館主人 K 說他是兼職員工。K 是一個四十多歲的女人，屋內還有一個兩、三歲的小女孩，她告訴我如果有什麼問題，可以隨時 WhatsApp 她。

我住在四人間，挺寬敞的，房間牆上貼上歡迎寶貴意見的字條，看來是一間用心的旅館。由於正值旅遊淡季，所以房間只有我一個人住，遇上這種情況，我在睡覺時通常不會關掉所有燈，以留一點光線。然而這間房就只有一盞燈，於是那晚我睡覺時沒有關燈，半夜 K 走進來關燈，在她大力關門時就把我吵醒了。

第二天早上，我想外出吃早餐，但是門鎖了，開不到，於是我用 WhatsApp 打電話給 K，她沒接電話，不

過立即從房間走出來，給我大門鎖匙。吃完早餐回來，她背著門坐在大廳，沒有打招呼，跟其他熱情的旅館主人有些不同。晚上外出回來時，她和小女孩也是背著門坐在大廳，直到小女孩望著我，K才跟我打招呼。

第二晚，房間有另一位已就寢的客人，K進來房間，問我些問題，為免影響其住客睡覺，我輕聲回答，當時我心想K的聲音肯定把客人吵醒。

我離開奧什那天，我請K替我打電話找的士去烏茲別克的邊境，然後她立即替我找車。

直到離開前，我才知道她有聽力障礙。我之前覺得她有點奇怪，不主動打招呼，半夜製造噪音，得知真相後，我內心頓時感到愧疚，**其實她已盡自己最大努力去招待住客，事情的真相並不是我表面所看到的。**

旅行讓我學會感恩，我感恩所擁有的一切，精彩地活著。我們往往習慣自己所擁有的一切，我們能看見美不勝收的景色，聆聽到不同的語言，表達想說的話，品嚐豐富的美食，有靈活的雙手拿行李，用雙腳踏遍世間角落，有親人朋友關心自己，可以選擇自己想做的事。其實我們已經擁有許多，**但有時候習慣了得到，便忘記了感恩。**

五秒鐘的震動
——烏茲別克

離開奧什後，下一站前往世界上僅兩個雙重內陸國之一的烏茲別克。烏茲別克是傳聞中亞出入境最麻煩的國家，行李檢查嚴格、手機相機照片被檢查、身上的錢全都要掏出來檢查、藥物也要逐一檢查，要等上兩、三小時也很平常，所以我早上八時多就出發。沒想到過關竟然非常順利，入境人員非常友善，他們四、五人跟我聊天，沒有打開行李，也沒有檢查照片，只用了二、三十分鐘就完成過關。

我在烏茲別克的邊境，搭共乘的士去首都塔什干（Tashkent）。這程車遇到幾個當地好人，剛入境時我還未兌錢，但在中亞去洗手間是要付費的，司機就給錢我去洗手間；我們吃午飯，一位的士乘客替我付錢；然後我要轉

另一的士去我訂了的旅館，另一乘客
替我兌換貨幣。我發現，當地人都不
用錢包的，因為他們身上的紙幣都是
磚頭般厚厚的，錢包根本放不下。而
車上幾個本來不認識的男人，竟然喝
著同一支水，在他們的文化裏，可能
是一件平常事吧。

　　之後，我再轉乘另一的士，在上車前我跟司機談好三
萬索姆（約港幣二十元），但下車時他卻說因為路程很遠，
向我索價五萬索姆，我不肯付，他便很兇地要我付。但我
沒有理會他，馬上下車快快走入旅館，他隨我走入旅館，
跟旅館職員氣沖沖地說要我多付錢，後來看到我堅決不付
錢，最終敗走了。

　　或許不是旅遊旺季，旅館房間只有我和一個二十多歲
的烏茲別克女生，她住在另一城市布哈拉（Bukhara），來塔
什干幾天洽商生意。那天，她帶我去超市買本地特色食物及
一起外出晚餐。她告訴我，本地人普遍二十歲左右結婚，然
後生小孩，而她未婚，比較喜歡外國男生。那天晚上，她跟
朋友去喝酒，沒有回旅館，房間內只有我一人，因為喝了咖
啡，凌晨兩時多我在床上，仍未睡著。突然，感到建築物搖
晃，持續了五秒左右，是地震啊！第二天上網看，才知道昨
晚是四點七級地震。旅館的人沒有說起昨晚的地震，可能對
他們來說，小地震只是小事，也都習慣了。然而，遇到大地
震或天災的威脅，我們無力對抗，變得渺小。世界很大，我
們不必拘泥於一些小事，也不必把一些事情看得太重要。

遇上相同頻率的人
——烏茲別克

感恩往後在塔什干沒有再經歷地震，之後我去了撒馬爾罕（Samarkand）和布哈拉（Bukhara）。這兩個城市都是歷史悠久的古城，有很多很壯觀的伊斯蘭建築和清真寺，三月份在櫻花的襯托下，顯得更美。

在撒馬爾罕旅館，我認識了
兩個日本人、一個日本巴基斯坦混
血兒及一個瑞士人 F，我們一起遊
撒馬爾罕古城。來自不同地方，文
化各異的人有緣碰上同遊古城，下
午累了就找間餐廳坐下來喝果汁，
一起下棋。雖然我一個人旅行，但
很多時候都遇到旅伴。

離開撒馬爾罕旅館時，發現
原來 F 也訂了同一班火車去布哈
拉，更訂了同一間旅館，所以我們
結伴上路。我們在同一班火車的不
同車廂，我在車廂上又認識了另外
兩個瑞士人，之後我和 F 在布哈拉
再跟他倆碰上，才發現原來 F 之前
已在塔什干遇過他們。F 幾天前認
識的德國女生也來了布哈拉，我們
一起吃午餐，與她同行的還有一個
日本女生。到訪烏茲別克的日本遊
客特別多，所以當地人常當我是日
本人。

　　到達布哈拉的第二天，在撒馬爾罕認識的兩個日本人和日本巴基斯坦混血兒也來了，我們再一起去玩。**相遇、分離、重聚，就是旅行的一部分。**一個人旅行容易認識新朋友，有的一起結伴走一段路，無論是深交，或是純粹的碰上，彼此相處自然、沒有壓力，大家下一站不同就分開，偶爾聯繫，或許在其他地方再重聚。**世界這麼大，茫茫人海裏，遇上的都是有緣人！**

　　在布哈拉旅館，我認識了另一個德國女生，原來她在旅途上也認識了日巴混血兒。她讀醫科，**剛畢業就旅行兩個月**，然後才開始投入工作。在外國，旅行幾個月是很平常的。

　　在布哈拉旅館的最後一個晚上，來了
一個日本男生，樣子有點像電影裏在深山
隱居了多年的野人，他的形象非常突出，
猶記得之前在烏茲別克塔什干大使館見
過，相同頻率的人總會遇上！當晚旅館又
來了另一位瑞士男生，他剛從土庫曼陸路
過來，土庫曼的旅遊資訊實在太少，感謝
他慷慨地分享了些資料給我。

塔羅故事
——烏茲別克

對於長途旅行，每一件攜帶的物品都要經過心思熟慮，考慮到它的實用性、大小、重量，畢竟可放置的空間實在太少，而且每天在路上走，過多行李亦會增加負荷。我卻帶了一件看似實用性不高的東西——塔羅牌。

旅行時，塔羅牌加速了我與人們交流的深度，讓我聽到很多世界不同角落的故事，往往只要用塔羅牌打開話題，他們總會打開心扉，分享自己的內心世界，將當下最苦惱的問題告訴我。

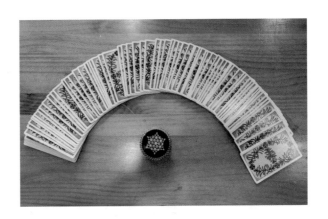

瑞士人 F 知道我懂塔羅，請我幫他占卜。他三十五歲，做廚師。他的工作不錯，老闆、同事、人工、假期也好，不過工作地點離家很遠，要一個半小時車程，所以他搬到公司附近

住，放假才回家。家人、朋友都離他很遠，所以他覺得寂寞。他希望轉換工作環境，卻不知道在瑞士轉工，還是去其他國家改變工作環境好。

我開牌看到他是一個有選擇困難的人，猶疑不決，不喜歡與陌生人溝通。但經過這段時間相處，我並不覺得他是這樣的。他告訴我這正是他的性格。不過，當他旅行時，卻變得有主見、有信心、勇敢、開朗、喜歡交朋友。

F 說，他已經兩年沒有拍拖，而他並不期待，也不抗拒拍拖。F 告訴我，他叔叔七十歲，年輕時享受單身，不需要向別人交代什麼，也不需要責任與承諾，但老了覺得寂寞，他不想像叔叔一樣老了才後悔，但他現在真的不渴望拍拖。往往只要用塔羅牌打開話題，對方會打開內心，將更多經歷及想法、感受一一細訴。

他繼續分享，他的表弟剛去世不久，表弟去世後，他常發到一個夢：有火車駛來，但是沒有聲音的。後來他知道，他表姐也在表弟去世後，常發到一個夢：聽到火車聲，但看不到火車。兩個夢，拼起來就完整了，見到火車駛來，也聽到火車行駛的聲音。原來，去世表弟的媽媽，也常夢到火車。到底，是潛意識或是死者想帶什麼訊息給他們呢？

最難辦的簽證
——土庫曼

土庫曼有「中亞北韓」之稱，是世界上最封閉及最難辦簽證的國家之一，每年旅客少於七千人，是世界上第七少遊客的國家，大多數人從未聽過土庫曼。土庫曼是全球第四大天然氣儲藏國家，國家富有，但人民平均收入只有二百美元。

土庫曼的簽證有兩種，旅遊簽證和過境簽證，並不允許自由行。我在吉爾吉斯首都比斯凱克的大使館申請由烏茲別克入境的過境簽證。在地圖搜尋大使館的位置，顯示走路去大使館只需約三、四十分鐘，行了半小時，看到吉爾吉斯的國旗，心想應該是這裏吧，走進去後發現館內職員不懂英語，無法溝通，他帶我上一樓入了一間房，裏面有一個看似比較高級的職員，但他亦不懂英語，他打電話給一個會說英文的人跟我溝通，我才知道自己去錯地方，我竟然去了警察局！原來用大使館的地址在地圖搜尋是錯的。

最後，我乘搭的士到達大使館。大使館門外看似非常冷清，守衛卻深嚴，閘口保安確定我是申請簽證後，才打開閘門，我只可以在閘內露天的位置，在大使館窗口外跟職員溝通。我填了兩張表格，寫了一封申請信，交上兩張證件相，提供護照、烏茲別克及伊朗的簽

證副本。然後，再搭的士去附近的銀行繳交處理文件的費用，再回大使館交回銀行收條。

我申請的是快證，大使館人員說五至七天後有結果，叫我五天後打電話去問批核情況。五天後，我打電話詢問，卻未有消息，之後每隔一兩天我就傳電郵去問結果，通常我傳兩次電郵，才會得到一次回覆。大使館說快證五至七天有結果，但等了十天仍未有消息。

我決定不再在比斯凱克呆等了，不如繼續行程，改在烏茲別克首都塔什干取簽證，去到塔什干應該已經有結果吧。隨之，便去了吉爾吉斯奧什，之後再去烏茲別克塔什干。去到塔什干，已經是申請簽證後的兩個星期，仍未有結果，也許習慣了等待，亦預計可能不獲批簽證，反而不再著急，隨遇而安吧！

於是，我決定去離首都三百公里的撒馬爾罕遊覽，坐火車只需兩小時，我買了翌日下午六時的車票，如果簽證獲批才回首都辦簽證。

準備乘火車當天的早上，我卻收到電郵，簽證終於獲批！我立即趕去大使館，大使館閘外有十多人在等候，我在閘外登記，等了大半小時，終於可以進去。我問大使館職員可否即日取到簽證，他叫我明天上午九點再來。我離開大使館，然後去火車站退車票。

第二天，在大使館外等了大半小時後，終於可以進去，再填了一張表格，貼上一張相，交上五十五美元簽證費，等了一會，終於拿到地獄之門的簽證！

↓ 🚶 TIPS

辦旅遊簽證，首先要向當地旅行社申請邀請函，再申請簽證。必須聘請當地導遊陪同，出境時要提供住宿證明。

辦過境簽證不需邀請函，也不需聘請當地導遊，出境也不需提供住宿證明。但必需先有前一個及下一個國家的簽證，要確定從哪個邊境入境及出境，可申請三至七天的停留時間。而等候簽證時間及最終獲批與否，看似沒有標準，有些人申請幾次也不獲批，就算獲批，批出的出入境關口及停留日數，也要視乎運氣。

彷彿不存在的國度
——土庫曼

土庫曼是一個彷彿不存在的國家，大多數人從來沒有聽過，甚至看了地圖也不曉得在哪裏，訂酒店住宿的平台也找不到任何土庫曼的旅館，令我更好奇去探索它，揭開它的面紗。我喜歡去神秘的國度，探索未知，體驗不一樣生活方式。也許，這是我旅行的意義！

穿梭在古絲綢之路的烏茲別克後，陸路走到土庫曼，這是我走過最荒涼的邊境，路上沒有見到任何一個外國旅客。在土庫曼，最多人問我的是：你是遊客嗎？當地人都詫異為何會有遊客一個人來土庫曼。

旅途上，我都是到達一個地方的前一天，才在網上預訂一晚住宿，旅館不錯的，再延長住宿，否則，就轉另一旅館。在土庫曼，我第

一次沒有預訂旅館，因為在訂酒店住宿的平台上，根本找不到任何土庫曼的旅館，是一個恍如不存在的國度。

馬利（Mary）是我在土庫曼停留的第一個城市，去土庫曼前，我在網絡上搜尋到背包客的分享，原來，馬利的廉價床位旅館只有 Sanjor 一間。因為土庫曼的旅客極少，而且都必須跟旅行團，所以廉價床位旅館市場不大。

去到馬利，終於找到 Sanjor，但旅館今天竟然停電！所以不接待旅客，叫我去附近別的旅館，但剛到土庫曼，在沒有網絡，又不能用英文溝通的情況下，怎麼找呢？感恩遇到好人，把我載到另一旅館 Yrsgal Hotel，巧合的是，這是我之前搜尋的第二選擇。

　　進入房間不久，酒店前台人員敲門，說有人想跟我談話。原來是酒店老闆的兒子，他叫 T，是土庫曼人，他知道我是香港人，他不久前到過香港談生意，一個星期後也會再去香港，我以為他有什麼關於香港的問題想問我，但聊了一會，好像沒有，反而他嘗試幫忙解決我手機連不到 WiFi 的問題，但原來不是用不到 WiFi，而是 WhatsApp、Facebook、Instagram、YouTube、Gmail 等平台全都被封鎖，這是一個極權主義的國家，新聞自由排名是全球倒數，對外的網絡及溝通非常有限。我只好借用他的電話向媽媽報平安。如果沒有接觸過極權主義，我未必真正感受到自由。正如沒有經歷過痛苦，也未必能感受到真正的快樂。

　　第二天，是土庫曼的新年，T 帶我遊覽十二世紀最大的古城莫夫（Merv），可是我卻完全感覺不到節日氣氛。

地獄之門 ——土庫曼

土庫曼最著名的地方，是離首都三百公里外的地獄之門（Jähennem Derwezesi），這是一個荒漠，杳無人煙，在遼闊的沙漠中，燃燒了五十年，直徑六十九米，深三十米，攝氏一千度高溫的天然氣田火坑。但我無緣親身感受地獄之門的震撼，只好留待下次再來吧。

土庫曼首都阿什哈巴特（Ashgabat）是世上獨一無二的大理石城，整個城市一律白色大理石建築，雪白而明亮，耀眼得使人睜不開眼睛，其八人浮誇建築，更令人驚嘆。阿什哈巴特街道非常清潔，卻異常冷清，道路上最多的是警衛和士兵，所有政府機關外都不能拍照，如果偷拍了，會馬上被隱藏的警察過來刪除照片。

土庫曼有用不完的天然資源，除了天然氣，還有豐富的石油，的士近的路程僅 10 Manat（約港幣五元），遠一點就 15 Manat（約港幣七元），而巴士更便宜，每程不論遠近僅 0.5 Manat（約港幣兩角）。

我乘的士去吉普恰克清真寺，寺內莊嚴宏偉，可容納一萬人。正準備離開清真寺之際，竟然聽到熟悉但久違了的廣東話，感覺很親切。不是一把聲音，而是很多很多，是一個二十多人的香港旅行團，他們平均都是五十多歲，十九天行程玩遍中亞五國，團費約五萬港元，中亞物價低，我在中亞三十多天，也不過花了八千港元。

我在首都乘巴士到處遊覽，不過我完全沒有巴士資訊，要碰運氣，有巴士到站就隨便上車，用電子地圖確定位置，一旦偏離想去的目的地就在下一站下車，再轉乘另一架巴士。

這五天我沒有在社交平台出沒。離開土庫曼後，收到好友的訊息，她說幾天找不到我，非常擔心，我告訴她這裏連接不到社交平台。這提醒我，我們所謂理所當然的事，在別的國度可能是不存在的。每個地方有不同文化，旅程越走越遠，才漸漸見識到世界真的很大。這幾天，不能接收資訊，不能和外界溝通，思想反而更敏感、更清晰。我在思考為什麼要回港生活？世界那麼大，一輩子也走不夠，我何不旅居至六十歲，或直到一天我不能走動？

旅行是探索未知的世界

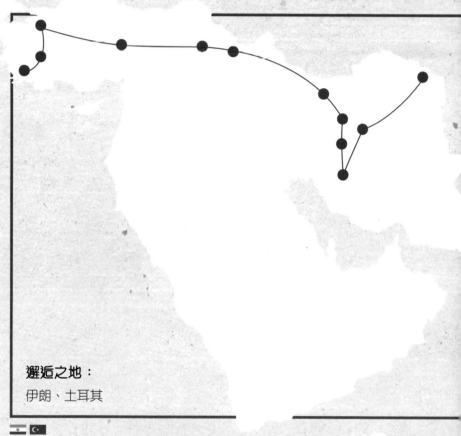

邂逅之地：

伊朗、土耳其

04

横跨歐亞——

西亞篇

二零二四年《世界幸福報告》排名

土耳其：98　伊朗：100

謎一般的國度——伊朗

揭開土庫曼的神秘面紗後，繼續陸路走進謎一般的國度，探索古老燦爛的波斯文明——伊朗。伊朗北面緊靠裏海、南瀕波斯灣和阿拉伯海。伊朗與巴基斯坦、阿富汗、土庫曼、亞美尼亞、亞塞拜疆、土耳其和伊拉克接壤。

伊朗是一個被標籤為邪惡軸心、充滿戰爭、恐怖襲擊、宗教極端分子的國家，**這個謎一般的國度，充滿著神秘，讓我更想探索，這正是旅行可愛之處。**

要真正認識一個國家，不能只從單一角度去理解，那麼人民呢？

對很多旅行者來說，伊朗的熱情讓人感到受寵若驚。當地人看見黃皮膚的我，便不斷會有人走來跟我說：「Hello!」、「How are you?」、「你好！」、「Chin(China)?」走在街上，常常有人要求跟我合照，彷彿成了一個流動的景點。

伊朗人非常樂於助人，有一次，我和三個法國女生想搭的士去遙遠的天葬場，街上一個略懂英語的伊朗女人幫我們找的士，陪我們等了十五分鐘，直至的士來了她才肯離去。**伊朗人是我這輩子見過最友善的人，**他們甚至熱情到喜歡招待陌生人到家裏作客。**如果沒有親身來到伊朗，也許，我也會以為伊朗人是邪惡的。**

伊朗是一個被形容為極度保守的國度，也許因為伊斯蘭教法，對衣著、個人行為、倫理等規管。政府規定伊朗的女性必須戴頭巾，穿長袖衫、長褲或長裙，入境伊朗的外國女性也必須戴頭巾，伊朗是唯一強制遊客帶頭巾的國家。我在土庫曼的邊境，準備踏入伊朗境內前，已經離遠被伊朗邊防人員指著，提醒我要戴上頭巾。

礙於國家法律的限制，他們必須以宗教為依歸，學校內男女分開上課，巴士上男女前後分開坐，男女應該保持距離，未婚男女不能獨處一室，公共場合男女不得單獨共處，結婚後男女才可在街上拖手。**也許，越是受到束縛，內心越是對抗，黑袍下藏著不少開放的靈魂。**

　　受到法律及社會制度上的約束，男性很少機會接觸到女性，所以他們對女性非常好奇，尤其是外國女性。聽說過在伊朗獨行的女遊客遭非禮、被摸身體、被橡膠圈彈身體敏感部位、被男子跟隨等情況。去伊朗的獨遊女生，要懂得面對以上情況。**旅途上，每天也在學習，旅行一年所要應付的事情，可能比在香港平淡的生活中，半輩子處理過的事還要多。**

伊朗是古絲綢之路，擁有許多世界遺產，美麗莊嚴的清真寺、乾旱的沙漠。我在伊朗乘巴士走訪了馬什哈德（Mashhad）、亞茲德（Yazd）、設拉子（Shiraz）、伊斯法罕（Isfahan）、卡尚（Kashan）和德黑蘭（Tehran），車程橫越三千四百公里。伊朗面積很大，往往幾個小時的車程中，也只見到一片荒蕪。

一美元的旅館
——伊朗

我到達馬什哈德，對伊朗的第一個印象是很多飛機在上空飛過，這是我過往一個月在中

亞很少看見的；伊朗的新年在每年的三月二十一日，我在伊朗的時候正值新年假期，當地人有兩星期假期，他們會到其他城市旅遊，所以我對伊朗的印象是非常熱鬧；亞茲德是拜火教的中心城市，氛圍比較保守，另一印象是很多穿黑色連身袍的女性，只露出眼睛，看似保守。

我在設拉子時遇上**水災**，短短十分鐘的傾盆大雨變成洪水泛濫，導致十九人死亡，數十人受傷，一些民眾和汽車被洪水沖走，突如其來的水災，人民來不及躲避，**我們根本無法掌握無常的到來。**

我在設拉子旅館住的房間是稍為在地面下的，所以那晚我也特別提高警覺，而那晚的住宿只需一美元，是我住過最便宜的旅館。那晚，跟幾個旅館認識的新朋友一起吃晚餐，其中一個是意大利男生 A，他們都很詫異，問我是如何訂到一美元的住宿，他們付的是我的七倍。我告訴他們，從前我在資訊科技公司工作……然後他們想像到駭客的威力，入侵酒店訂房網站，用一美元住一個晚上；入侵航空公司網站，用經濟艙的價錢享受頭等艙服務；入侵國家政府網站，取得所有國家的免簽待遇……那天正是愚人節！其實只不過是網站正在更新的小漏洞。

　　我本來計劃由伊朗德黑蘭坐夜巴去邊境城市大不里士，打算在大不里士住一個晚上，後天再乘四個小時車去土耳其。我已搜尋了大不里士合適的旅館，但我並沒有預訂，因大不里士的旅客不多，不預訂也不擔心沒有床位。**路走多了，經驗多了，開始掌握到旅途的節奏，比旅程剛開始時更隨意隨心。**

　　在德黑蘭訂車票時，向職員查詢巴士大約上午八、九時到達大不里士，但實際到達時間竟然是上午五時，四周漆黑一片，巴士停在路邊，我唯有下車。本想乘的十夫旅館，但我沒有預訂，就算到達旅館，時間也太早，很可能旅館大門是關的。

　　我立即改變主意，決定即日前往土耳其。我站在漆黑的馬路旁，有的士司機向我走過來，我說要去土耳其邊境，他開天價要六十美元，以他們物價，六十美元可以吃二十餐了，還不是去邊境，只是去中間的城市而已，我說太貴，不用了，他一直主動降價到十五美元，但我還是拒絕了。最後，我叫他把我載到附近的巴士站，我想那裏會有去土耳其的巴士。但他把我載到一個看似不是巴士站的地方，我問他這是去土耳其的巴士站嗎？他不懂英語，但他的回應大概是說，這是去土耳其的巴士公司，叫我等他們開門營業吧。那時上午六時，天空還是漆黑的，我等了一會，開始有些人過來，應該都是等車的，我問了其中一個會說英語的人，確定這裏早上七時有巴士去土耳其。然後六時半有職員開門，我進去買票，七時多準時出發，就瞬間踏上土耳其之旅。

橫跨歐亞——土耳其

土耳其位於歐亞交界,同時有著歐洲及亞洲的文化特色,每個城市都有其獨特性。我遊訪了凡城(Van)、卡帕多安西(Cappadocia)、 伊斯坦堡(Istanbul)、棉花堡(Pamukkale)和馬爾馬利斯(Marmaris)。

我在土耳其的第一站是凡城,土耳其第二大城市,位於東部,是庫爾德人的聚居地。庫爾德人在土耳其、伊朗、伊拉克、敘利亞等交界的山區聚居,人口約三千萬,是中東地區僅次於阿拉伯、土耳其和波斯的第四大族裔,亦是全世界人口最多而沒有國家的民族。庫爾德人與土耳其、伊拉克、敘利亞政府及伊斯蘭國極端組織,不斷發生種族鬥爭與衝突,遭到軍事鎮壓及驅趕。雖然凡城屬於土耳其領土,但有非一般的文化背景,跟往後到訪的其他土耳其城市有著不一樣的感覺。**陸路旅行,走訪一個又一個邊境城市,更能一步一步感受到國家與民族的文化的差異。**

在伊朗往凡城的車上認識了一個伊朗男人,他在凡城轉車,當晚離開凡城,去土耳其首都安卡拉(Ankara)工作,所以下午是空閒的。下車後,他陪我到旅館放下行李,然後一起午餐。到達旅館,他說想把他的行李放在

我房間，但我表示我住多人間，叫他放在公眾間，然後他說不用，就拖著行李去午餐。我不確定他純粹為著方便想放下行李，還是有其他目的。長途旅人每天也會遇著不同的事情，每天也有發生危險的可能，我唯有將風險減到最低。

　　第二天，我在凡湖巧遇三個凡城年青人，他們不懂英語，我們用翻譯軟件聊天，他們教用我土耳其語數一至十。**旅行可愛的地方，就是認識新朋友，與當地人交談，是了解一個地方及文化，最簡單、最直接的方法。**

　　離開庫爾德人的聚居地凡城，我坐上十四小時夜巴士，去一千公里外卡帕多安西地區的格雷梅，途中多次有警察上車檢查證件。卡帕多安西地區獨特地理特色的奇石林，奇形怪狀的岩石風貌，襯托色彩繽紛的熱氣球升空，是一浪漫邂逅之地。

　　我在格雷梅街上隨便走走，逛進一間賣地氈及首飾的店，老闆很友善。旅行時，我每天戴著在西藏買的蜜蠟頸鏈保平安，但頸繩的結鬆了，不能調教長度，他幫我修好，讓我繼續平安上路。繼續隨便走走，走進另一間賣地氈的店舖，老闆很熱情，請我喝土耳其茶，說要帶我看日落，之後每次經過都請我喝茶，在這裏我體驗到土耳其人的好客。

　　之後，我去伊斯坦堡及棉花堡。伊斯坦堡是唯一一個橫跨歐亞的城市，被喻為地球的首都。女生在伊斯坦堡的街上走，會不停地被搭訕，他們總是那麼的熱情殷勤。棉花堡是世界遺產，有上千年的天然溫泉及一座座雪白的石灰岩溶洞，就像一個以棉花構成的城堡。**美麗的風景會令我們喜歡一個地方，留下深刻印象，但使我們回來，甚至留下來的，往往因為那裏遇到的人和回憶，才讓我們愛上一個地方。**

　　位於土耳其東岸的馬爾馬利斯，是一個美麗而悠閒的港口城市，距離希臘最近的島只有一個小時的船程。我在這裏留了一個晚上，就出發去希臘，也是我這趟旅程**第一次用非陸路的方式入境。**

浪漫的邂逅
——土耳其

經過中亞和伊朗的快速移動後，我在土耳其再次放慢腳步，尋回屬於自己的步伐，我在土耳其生活了一個多月，是西藏以外我逗留時間最長的國家。

在土耳其，我邂逅了土耳其人 M，他經營一間土耳其餐廳及露營地。他帶我給一些點滴：

- 了解土耳其餐廳廚房及運作
- 學做土耳其菜
- 去本地菜市場買菜
- 用土耳其茶做港式凍檸茶
- 煮蜜糖雞翼及可樂雞翼（土耳其人接受不到甜的食物，甜品除外，還不接受濕的、不是烤的肉類）
- 體驗當地人生活
- 住在露營營地的一間破舊小屋（屋內熱水供應不穩定，水龍頭有點破爛，地板不太平坦，晚上房間很冷）

- 四月下雪，很寒冷
- 每天早上睜開眼睛，就可以看到窗外壯觀的熱氣球升空
- 坐四驅車去看奇石區的日出和日落
- 認識回教及穆斯林
- 體驗土耳其人的男尊女卑
- 異國戀
- 閃婚的衝動

　　在外地遇上，彷彿都是一場浪漫的邂逅。他跟我談結婚、談將來。當時我想，如果我們結婚，婚後的生活如何呢？住在土耳其？學土耳其語？經營塔羅咖啡館和賣港式小食？買樓還是租樓？想了一堆實際的問題。

　　在土耳其的日子，我放慢步伐，享受不一樣的生活體驗，跟自己內心對話，理性地思考了很多：
- 我喜歡旅行、旅居，還是想停下來？
- 我喜歡簡單生活，物質真的不再重要？
- 我喜歡獨處，還是親密關係？
- 伴侶的宗教及國籍重要嗎？
- 他是對的人嗎？

　　我不能確定他對我的愛是否真實，但這並不最重要。如果我很愛他，自然會留下，我卻選擇繼續旅程。在體驗愛與被愛，歡笑與眼淚交織的過程中，我知道了答案。

旅行是一種生活態度

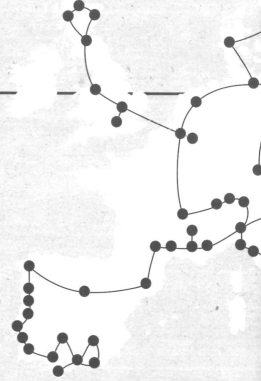

邂逅之地：

希臘、保加利亞、羅馬尼亞、
匈牙利、克羅地亞、意大利、
梵蒂岡、奧地利、捷克、德國、丹麥、瑞典、挪威、荷蘭、
比利時、盧森堡、英國、瑞士、法國、摩納哥、西班牙、
直布羅陀、葡萄牙、馬爾他

05

富裕國度——歐洲篇

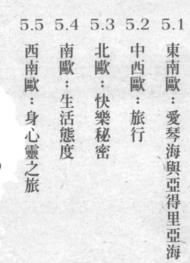

二零二四年《世界幸福報告》排名

丹麥 2　瑞典 4　荷蘭 6　挪威 7　盧森堡 8　瑞士 9

奧地利 14　比利時 16　捷克 18　英國 20　德國 24

法國 27　羅馬尼亞 32　西班牙 36　馬爾他 40　意大利 41

葡萄牙 55　匈牙利 56　克羅地亞 63　希臘 64　保加利亞 81

（梵蒂岡、摩納哥、直布羅陀沒有排名）

愛琴海——希臘

我離開土耳其，坐船去距離土耳其只有十八公里的希臘羅得島（Rhodes），這是我在旅程中第一次使用海路方式入境，也是我第一個使用歐元的國家，物轉星移，物價明顯地上升了。其實在歐洲，希臘的物價已算低。

我在希臘到訪了首都雅典（Athens）及三個島：羅得島（Rhodes）、聖托里尼島（Santorini）和納克索斯（Naxos）。來往島之間的交通，都是搭七至九層高的大輪船，輪船可載人也可載汽車，最短的船程是由土耳其去希臘羅得島，只需一小時，而最長的船程則是由羅得島去聖托里尼島，船程十五小時。

　　羅得島和納克索斯海水清澈見底，旅客不多，我喜歡
在海邊漫步，享受陽光與海灘的寧靜。

　　聖托里尼島透徹心扉的愛琴海，在藍頂與純白色教堂相映下，吸引萬千旅客到訪。我在聖托里尼島遇上大風，船因此而停航了，我在聖托里尼島的旅館住了六天，遇到窩心的旅館主人，每天為我們準備美味的早餐。

　　希臘是西方文明的起源，雅典擁有許多古希臘文明時期的遺跡。在雅典時，恰巧之前在伊朗認識的意大利人Ａ也到雅典旅行數天，我們相約在他離開雅典的那天下午相聚，一起參觀博物館，然後到餐廳聊聊天。他差不多時間要去機場，我們便道別了，說下次在意大利再見。分別不到二十分鐘，他打電話給我，說他把行李放在租車的店，但店關門了，店員要半小時後才能回去開門，而他卻要趕去機場，所以行李還留在店。他問我可否替他到店拿行李，然後搭的士去機場給他。我答應了，坐的士去機場途中，我有點心急，因為距離起飛時間只剩二、三十分鐘，他還要入閘呢，如果趕不及，我要把行李寄去意大利麼？幸好飛機延遲，我才趕得及送上行李。

在東歐遇到的旅人
——保加利亞、羅馬尼亞、匈牙利

在東歐，我到訪了保加利亞、羅馬尼亞和匈牙利，**遇到一些旅人，見到不同的旅行及生活方式**。

在保加利亞普羅夫迪夫（Plovdiv）的免費步行團，我認識了友善的香港女人。她裸**辭，用四十天在巴爾幹遊走八國**。

在普羅夫迪夫的旅館，我認識了斯文有禮的美國男人，他是**自由工作者，帶著手提電腦，一邊旅行，一邊工作**。在旅館也認識了一個四十多歲美國女人，她**一個人來東歐旅行兩星期**，與她相處的短短兩天，她沒有停止過抱怨，抱怨食物質素、步行團、旅館⋯⋯其實，事情的好與壞，取決於自己的內心。

之後我去了在索菲亞（Sofia），再到大特爾諾沃（Veliko Tarnovo）位於卡贊勒克（Kazanlak）的玫瑰節。在玫瑰節，我遇到一對六十多歲**退休旅行**的日本夫妻，也遇到兩個香港女人，她們是兩姊妹，**辭工去旅行兩個月**。

我乘 Flix Bus 去羅馬尼亞首都布加勒斯特（Bucharest），在等候巴士時，遇到保加利亞年輕女生，她去羅馬尼亞**與男朋友見面**。

在布加勒斯特的旅館，我認識了斯洛伐克男生，他二十多歲，旅行三、四年，旅行期間仍能用電腦賺錢。也認識了香港人 W，她四十歲已經退休，長期在世界各地生活，已經旅居二十年。

我在布拉索夫（Brasov）的髮型屋剪頭髮時，突然收到香港人 W 的訊息，我們相約去午餐。第二天，還一起同遊佩雷斯城堡。

我和 W 一起坐過夜火車去匈牙利首都布達佩斯（Budapest）。這是我第一次在歐洲坐過夜火車過境。然後，我們在布達佩斯同遊三天。

旅人有各自的旅行方式。在東歐，遇見過放假短期旅行的、一邊工作一邊旅行的、裸辭旅行的、退休旅行的、旅居的、也有過境與男朋友見面的，他們每個人都有自己的旅行故事。

海盜船
——克羅地亞

一九九一年克羅地亞脫離南斯拉夫宣布獨立。克羅地亞位於歐洲東南部，坐擁亞得里亞海及上千座島嶼，是中歐、地中海與巴爾幹半島的交匯處。

與 W 在布達佩斯分別後，我繼續一個人的旅程，乘巴士去克羅地亞首都札格瑞布（Zagreb）。在我到達札格瑞布，下車不久就發現背包被打開了。不過我的背包只有不值錢的東西，所以就算被打開了，小偷也沒有興趣。往後的日子我更加提防，幸好一直沒有不見東西，直至在西班牙……

札格瑞布的景點不多，大半天就能走完，所以很多人在首都只待一個晚上，就出發去沿海城市，而我卻在這裏住了六天，因為我住的膠囊旅館很舒適。我喜歡在膠囊裏寫作，我完成了屯積的文章後，就離開札格瑞布，去距離首都兩小時車程的 Korenica 小村落，再去十六湖國家公園。十六湖國家公園佔地三百

平方公里，屬喀斯特地形，我沿著步道走，欣賞許多由石灰岩沉積形成湖泊的自然景觀。上湖區有十二個平靜的湖泊，下湖區有四個峽谷中的大湖泊及壯觀的瀑布，美不勝收。

　　我坐巴士去杜布羅夫尼克（Dubrovnik），雖然兩個城市都在克羅地亞境內，但是要途經另一個國家波士尼亞與赫塞哥維納。杜布羅夫尼克位於是克羅地亞地峽之末端，在克羅地亞的南岸，面臨意大利的東岸，被稱「亞得里亞海之明珠」。我在杜布羅夫尼克沿著古城高聳城牆漫步，城牆在中世紀不斷擴建，有些部分更建有二十幾米高、六米厚的石灰岩牆來防禦入侵，城牆的一磚一瓦都蘊含豐富的歷史文化。**城牆的厚度，是否意味著戰爭所帶來的痛苦程度呢？一道城牆，分隔了富貴與貧窮**，城牆裏是依山而建的堡壘，從城牆看過去是紅屋瓦構成的舊城區及蔚藍的亞得里亞海。

我由杜布羅夫尼克坐船去赫瓦爾島（Hvar），赫瓦爾是個悠閒的小島，小島本身沒有什麼景點，遊客通常參加跳島遊。我沒有出海玩，靜靜地在島上享受陽光海灘。

幾天後，我坐船離開赫瓦爾島，去斯普利特（Split），船程約一個小時，我坐的是二、三百人的中小型船。在船上，我遇上了大風浪，開船後不久，感覺到船隻隨著海浪有點搖晃，我坐在上層右窗邊的位置，望著海浪從前方迎面而來，船頭就隨著海浪大幅度向上升，海浪推湧到船尾，船頭就猛力向下跌，那股強勁的離心力，恍如坐海盜船，伴隨還有乘客的尖叫聲，我當時內心恐懼不安。到底我的恐懼是來自死亡焦慮、潛意識、還是什麼呢？感恩過了二十分鐘的折騰，船隻開始平穩了。當時，我不安得想過是否要改掉當晚去意大利的船票。

最後，我還是坐了十多小時過夜輪船去意大利。

旅行一週年
——奧地利、捷克、德國

我在奧地利欣賞了一場歌劇表演，就北上捷克。在捷克，我沒有到訪美麗的童話小鎮庫倫洛夫（Cesky Krumlov），經過之前十多天的快速移動，我想放慢腳步。

恰巧香港朋友 E 去捷克、德國及奧地利旅行兩星期，我們相約在布拉格一起晚餐，談談近況，感謝她為我從香港帶來一些日用品，我們聊了幾小時，餐廳要關門了，只好依依不捨地道別。

之後我去了德國，德國南部近郊的景色優美，我遊訪藍紹教堂、辛特湖、新天鵝堡及國王湖。去國王湖那天早上跟 E 傳訊息，原來她也準備去國王湖，於是我們就相約一起遊湖。國王湖湖岸線長二十公里，面積五平方公

里。國王湖被阿爾卑斯山脈環抱，湖水翡翠碧綠，湖光山
色，恍如人間仙境，是我最喜愛的德國地方。那天，正好
是我旅行的一週年，雖然我沒告訴她，但感謝她陪伴我渡
過了這紀念日。

　　跟朋友在外地見面，是一種緣分。讓我們喜歡一個地
方的，往往是因為我們在那裏遇到的人和回憶。

之後，我繼續遊慕尼黑（Munich）、柏林（Berlin）及漢堡（Hamburg）。

在德國街頭和火車上，常見到人們在演唱；在火車月台見到乘客與工作人員推撞，以為工作人員會還手然後打架，但沒有；在月台，也見到突然大聲叫嚷的女人。因為突然下大雨，乘客擠擁在地鐵出口，男男女女用德語高聲說話，感覺有點像吵架，但其實是平和的。德國人坦誠，勇於表達自己真實的想法，誠實地做自己。

德國人守時，火車班次很準時：德國人工作認真、嚴謹、有效率，令德國成為歐洲最大經濟體，同時德國人亦注重工作與生活的平衡，懂得什麼時候工作，什麼時候休息。很多歐洲國家，每天工作八小時，五時準時下班，員工享有很多假期，如果累積假期加超時工作，甚至可以放一個月長假期，所以在旅途上，常常會遇到歐洲人放長假期去旅行。

小國特色
——荷蘭、比利時、盧森堡

我遊訪了荷蘭、比利時及盧森堡三個小國。

我本來對荷蘭沒有太大期望。到埗後，發現荷蘭國土不大，卻有其獨特色彩。

荷蘭人重視自由、追求平等及思想開放，荷蘭是第一個將同性婚姻合法化的國家，亦是實施安樂死合法化及大麻合法化的國家。

我在歐洲用 Eurail Pass 搭火車，可以在歐洲三十一個國家使用，而 Eurail Pass 的辦事處不是在歐洲大國，而是在荷蘭阿姆斯特丹。荷蘭亦是國際法院和國際刑事法院的所在地。而我在荷蘭，亦見到很多華人餐館及超市。荷蘭面積雖小，卻非常國際化。

荷蘭人追求現代化及創
新，荷蘭有很多現代化的建
築，設計新穎獨特。

　　我在泰國時認識的荷蘭
女生 K，她帶我遊阿姆斯特
丹，她是一個很爽直、聰明
的女生，這亦是我對荷蘭人
的印象。

　　我在意大利認識了在荷
蘭長大的香港女生，她帶我
在到處逛逛，吃荷蘭國民美
食鯡魚生及焦糖煎餅，她是
一個很爽快、溫和的女生，
這亦是我對荷蘭人的感覺。

　　荷蘭還有特色的風車，
風景如畫的小村落及到處見
到單車。

去比利時前，最期待的是吃比利時朱古力。到埗後，才發現比利時的特色食物還有薯條、鬆餅及青口。而比利時的建築亦很有特色。

盧森堡是鄰近比利時的小國，我沒有留宿，就只花數小時感受這個歐洲現時唯一的「大公國」及全球人均國內生產總值最高的國家，我觀察了一些事：

- 盧森堡的物價普遍比比利時高百分之十至二十。
- 盧森堡是我在歐洲見到最多人穿西裝的地方。
- 午飯時間在盧森堡市，人與人間的距離通常少於一米。

歐洲之巔
——瑞士

　　瑞士是一個富裕國家，生活指數非常高，最初我只打算在瑞士停留一、兩天。

　　我在瑞士的第一站是日內瓦（Geneva），瑞士是一個永久中立國，設有聯合國的辦事處。

　　第二天開始觀光火車之旅，我乘搭黃金列車（Golden Pass）去茵特拉根（Interlaken），和冰川快車（Glacier Express）來回聖莫里茲（St Moritz）及策馬特（Zermatt），冰川快車是全世界行駛得最慢的快火車，全程需約八小時。坐觀光火車的目的，並非到達目的地，而是過程中的風景。人生亦然，我們走過的路，過程中經歷了什麼，決定了我們的人生。

　　觀光火車的窗很大，有的連車頂
也有透明玻璃，可以多角度欣賞沿途美
景，田園風光、平地草原、高山冰河、
阿爾卑斯山脈景緻，美景盡收眼簾。

少女峰被喻為歐洲之巔，我本來想登上它，最後選擇了登上雪朗峰，站在海拔三千米的雪朗峰欣賞少女峰及其他山峰，景色震撼。為了登山乘火車、巴士及纜車，兩小時車程的交通費已近千元，生活指數非常高。然而，**全球貧富懸殊大**，有「中亞山國」之稱的吉爾吉斯，人均月入不足二千港元，**瑞士兩小時的交通費**，相當於普遍吉爾吉斯人半個月的工資。

我在瑞士策馬特過生日，在策馬特訂了兩晚酒店。生日當天的早上，酒店為我預備了驚喜的燭光早餐，我望著馬特洪峰享受這頓豐富而浪漫的早餐。然後，去有名的溫泉區洛伊克巴德（Leukerbad）浸溫泉。

離開瑞士，下一站去法國。

美食之旅——法國、摩納哥

到達法國中部美食之都里昂（Lyon）後，我開始遊南法，在尼斯（Nice）享受陽光海灘，途經全球面積第二小及全球人均國內生產總值第二高的國家摩納哥（Monaco），然後，相約香港人 W 在馬賽（Marseille）會合，再一起去亞爾（Arles）及 土魯斯（Toulouse）。在法國的十多天裏，我並沒有遊什麼文化遺跡，而是體驗被評為世界無形文化遺產——法國菜。法國菜擺盤精緻優雅，是視覺與味蕾的享受，我們每天的行程就是找地道的法國菜，及品嚐令人垂涎的法國菜。

　　這二十年間，W 遊走世界各地，掌握到不少旅遊及生活心得，也在法國生活了一段時間。W 教我在法國不用上網找好吃及地道的餐廳，她指美味的法國菜通常不會在大街而在小巷，因為好吃的餐廳有口碑，自然有客人來光顧，不用在大街付高昂的租金吸引食客；地道的法國菜通常沒有英文餐牌，只有法文餐牌，因為他們主要不是做遊客生意；再望望食客的樣貌及打扮，是當地人還是遊客，是當地人就對了；食客群比較成熟還是年青人，成熟的人，通常對食物質素比較有要求，能夠吸引成熟的人，食物質素自然較高；觀察食客臉容是否滿足，對食物的滿意度，及枱面上食物的擺盤是否細緻；最後嘗試望入廚房，看看廚師是否法國人。W 的心得非常實用，因此我們在法國品嚐了很多地道及美味的法國菜。

　　W不太喜歡熱鬧的大城市，她喜歡生活節奏慢的地方。我們在法國東南部悠閒的小城鎮阿爾漫步，憑她經驗找到一間餅店，吃到令我們**回味無窮的蛋糕**。品嚐過無數世間美食的她，一直對那件蛋糕念念不忘。一、兩年後我們仍說，將來要一起再去那間餅店吃蛋糕。可惜，之後再沒有機會了。

　　同遊法國後，我們繼續各自上路。

丹麥文化 Hygge
——丹麥

北歐國家於全球最快樂國家排名，長期名列前茅，我想探究北歐的快樂秘密。

丹麥是北歐中面積最小的國家。Hygge是丹麥人的生活哲學，也是丹麥文化的核心。Hygge 一詞源於挪威語，意思大概是指舒適自在的親密，共享的溫馨時光，享受當下的生活，沒有重量的快樂，簡約平凡的幸福，簡單地寵愛自己。世界紛擾，Hygge 的生活態度就是令自己在任何環境，都能製造快樂的心境。也許，這是丹麥人快樂的秘密。

　　丹麥人臉上總是掛著輕鬆的笑容；我在丹麥火車上，見到四個丹麥女生，她們在車上玩拋水樽就已經玩到哈哈大笑。丹麥人的快樂不是來自物質，而是來自內心。在首都哥本哈根的街上，不像意大利般滿街名店。丹麥人享受簡約生活，不需要太多的物質，他們喜愛看海、曬太陽、溜狗、騎單車，簡簡單單的慢活，就是快樂。

　　我喜歡北歐的簡約主義、慢生活，我在哥本哈根也走得特別慢，慢慢呼吸著清新的空氣，坐在海邊呆著。丹麥治安不錯，貧富懸殊差距少，稅率高但福利好，人民得到生活上的保障，不太擔心失業，也不用太擔心將來，人民生活自由，幸福感滿滿。

我在哥本哈根的旅館遇到一件有趣的事。

我住在八人男女混合的房間，我睡在下格床，我的上格床是一位男人，跟旁邊的床距離兩呎左右，上格床是法國女人，樣貌看來約三十多歲，下格床是沒有人的。凌晨一兩時，大家都已在睡覺，原本沒人的下格床來了一個男人，他把我掛在床邊的衣服弄跌，所以吵醒了我，我把衣服拾起後就繼續睡覺。

我睡到矇朧中，感覺到有人行路輕輕碰撞到我的床邊，聽到有把女聲生氣地說：「你不可以在我的行李箱小便！」她說了幾次。

「我沒有。」有把男聲說。

矇矇朧朧中以為自己聽錯，直到有人開燈，我終於完全醒過來。說話的女人是旁邊上格床的法國女人，而男的是剛進來的旁邊下格床男人。我見到我們兩張床之間有一攤水。

「你小便就去洗手間，你不可以在我的行李箱小便！」法國女人繼續說。
「我沒有 …… 我沒有 ……」男人繼續說。

法國女人多次叫他小便就去洗手間後，他終於走進了洗手間，而她也到接待處請職員來處理。

男職員來到，用幾條毛巾把地板弄乾，然後敲洗手間門，請男人出來，但男人沒有反應，男職員繼續敲門叫男人出來。過了一會男人終於走出來，他低下頭坐在椅子上。

「你是否在地上小便？」男職員問男人。

「我沒有 ......」男人說。

「如果沒有，為什麼地板是濕的？難道是這女人幹的？」男職員指著法國女人問男人。

「難道是這女孩？」男職員指著我繼續問男人。

「我沒有 ......」男人說。

「看！你的褲子都濕了！」男職員指著男人下身。

這時我才留意到他的左褲管是濕的，我這時才肯定他在房間向著法國女人的行李箱小便。

最後，男職員帶男人離開房間，說明天一早找人清潔，擾攘半小時後，我們繼續睡覺。

瑞典的快樂哲學 Lagom
——瑞典、挪威

離開丹麥後，我繼續北上瑞典及挪威，探究北歐快樂的秘密。

如果説丹麥人的快樂秘密是 Hygge，那麼瑞典人幸福秘訣就是 Lagom。Lagom 是瑞典語，大概是剛剛好，不多不少，恰如其分、中庸、平衡的意思。Lagom 是瑞典的文化，瑞典人的生活哲學，體現在瑞典人日常生活中。他們喜歡簡約，剛剛好就夠。瑞典人不執著於完美，只追求心靈與生活的平衡。

二零二四年聯合國發佈的 World Happiness Report，中文譯《世界幸福報告》或《世界快樂報告》，前十位次序是：芬蘭、丹麥、冰島、瑞典、以色列、荷蘭、挪威、盧森堡、瑞士、澳洲，香港排名八十六，而排名最後的是阿富汗（排名一百三十七）。當中有六大評分指標：社會福利與支持、人均國內生產總值、預期健康壽命、人生抉擇的自由、慷慨及沒有腐敗。

我邂逅過的北歐國家中，我覺得丹麥人比瑞典人及挪威人更快樂，這並不是根據《世界幸福報告》，而是我的第一身感受，從丹麥人的臉上看到輕鬆的笑容。

看似富裕及社會福利好的國家，人民比較快樂。但有趣的是：

《世界幸福報告》第一位的芬蘭，人均國內生產總值排名在十大外；而人均國內生產總值最高的盧森堡，《世界幸福報告》排名僅第八位。

所以，富裕並不一定等於快樂。或許，Lagom 就好了。

以巴衝突的以色列排名第五，巴勒斯坦則排名一百零二；俄烏戰爭的俄羅斯排名七十二，烏克蘭則排名一百零五。

處於戰爭似乎並不一定不快樂，快樂是一種心態，或許，Hygge 就好了。

在瑞典，我參觀了諾貝爾博物館，館內展示了許多有關和平的訊息。如果處於戰爭，安全得不到保障，生命受到威脅，內心不寧靜能容易得到快樂嗎？

　　我喜歡逛圖書館，就好像別人喜歡參觀博物館一樣。在瑞典，我參觀了兩個圖書館，圖書館是一個寧靜的地方，但圖書館裏的人內心寧靜嗎？

　　其實，快樂不在於環境，不著重於事情的本身，也不是由他人賜予，快樂是往內看的。快樂，是一種心態。

　　我在北歐這個快樂國度時，身體卻有點不適。

　　在丹麥哥本哈根時，有一天早上起床後，無緣無故嘔吐了兩次。

　　我由瑞典斯德哥爾摩（Stockholm）去挪威奧斯陸（Oslo）的途中也遇上不適。在斯德哥爾摩的火車站突然嘔吐了兩次，拖著不適的步伐坐上七小時火車，在火車上嘔吐了三次和肚痾了兩次。

　　到達挪威時，我已經沒有痾嘔。但長途旅行，要先照顧好自己的身體，才可繼續走下去。所以我在挪威很多

時間都是休息。雖然已經沒有痾嘔的不適,但身體卻有點奇怪,背及頸有輕微痛楚,不是疲勞過度或運動後的肌肉痛楚,那種痛楚感覺似是在骨裏,而且痛的位置是會移動的,今日痛的位置在這裏,明天會上下左右移動一點,雖然不是很痛,只是有輕微感覺,但這是我從未試過的。

也許,因為這段時間在網絡上看到一些新聞,產生了一些負面情緒,體內也積聚了一些負能量,心理影響生理,令自己身體不適。當我察覺到負面情緒正影響自己身體後,我開始不再看那些資訊,身體也漸漸不藥而癒。

慢的生活態度
——意大利、梵蒂岡

羅馬帝國是歷史上的一個文明帝國，孕育出古羅馬文化。意大利首都羅馬，也曾是羅馬帝國的首都、西方世界的政治中心及文藝復興的發源地。現今，意大利是世界上擁有最多世界遺產的國家。

我由克羅地亞坐船去意大利，在安科納（Ancona）下船。意大利朋友 A 招待我去他位於古比奧（Gubbio）的農莊酒店住，所以我在意大利的第一站是去離港口不太遠的古比奧。A 的農莊酒店，也是他的家。古比奧是個漂亮的中世紀山城小鎮。接下來的幾天，我就在這個沒有噪音的山城，遠離喧囂，在山丘裏享受慢活的寧靜。**意大利人注重生活享受及品質，喜歡品嚐美酒、飲咖啡。**早上，我坐在農莊池畔吃早餐、喝咖啡；我和 A 在吃午餐前先飲杯酒，享受一個悠閒的午餐，再配紅酒或白酒；午後，吃些甜點；口渴就喝杯咖啡；晚

餐時間，我們先喝杯紅酒，吃魚便配杯白酒，然後又繼續喝紅酒。

離開古比奧那天，Ａ開車送我到火車站，我們下了車，他問途人附近有什麼餐廳，一個簡單的問題，卻換來了一、兩分鐘的回答，意大利人是很健談的，他們會跟你慢慢說。

距離火車開車只剩半小時，不夠時間吃午餐，只能在火車站買麵包及三文治吃，Ａ還買了一瓶七百五十毫升的氣酒，我們以酒代水，火車緩緩駛到車站，我拖著浮浮的腳步跟他道別，踏上火車去下一站羅馬。

羅馬接近四十度高溫，我想去參觀梵蒂岡博物館，但排隊人龍太長，應該要等兩小時，我為免中暑，排了二十分鐘後決定放棄。遊羅馬後，我去了熱門城市佛羅倫斯、米蘭、威尼斯，繼續遊意大利的文化遺產及自然遺產。

　　意大利人有一種獨特的慢生活態度，生活與工作平衡的藝術。有一天，我要去一間店舖，當時大約是中午十二時，應該是午餐時間關門，怎料我下午三時再次到訪時，店舖仍是關門，原來中午休息時間是十二時半至四時。

真正的聖誕節
——意大利、梵蒂岡

遊意大利的兩個月後，在瑞士往法國途中，我想吃意式雪糕，所以去意大利住了一晚。那天晚上，我告訴意大利朋友 A 我在米蘭，他竟然也在米蘭，我們就相約第二天早上吃早餐，這是我第二次去意大利。

三個月後，我再到訪意大利，這是我第三次去意大利。這次，終於參觀了梵蒂岡博物館。

幾天後，意大利朋友 A 來羅馬，這是我們的第七次見面！他邀請我去他父母在米蘭附近的家一起過聖誕節，所以我們先在羅馬準備聖誕禮物。聖誕節前夕，羅馬的街頭及商舖籠罩著濃厚的聖誕氣氛，我們選購聖誕禮物給他爸爸、媽媽、姐姐、姐夫、侄女、婆婆及表姊弟。買完聖誕禮物後，我們先回 A 在古比奧（Gubbio）的家安頓一下。第二天，就出發去他父母的家。

「Ciao!」這是我唯一能夠跟他家人溝通的意大利語。

平安夜晚餐八時開始，我們十多人坐在長方形餐桌，他們在家裏也很注重餐桌擺盤，餐墊、碟子、叉、刀、酒杯、餐巾，一絲不苟。枱面上有幾個海鮮菜式及沙律，每個菜也很美味，我吃了很多，枱上的菜也差不多吃完了。

他們為各人換上乾淨的碟，然後……上主菜，原來剛才的只是頭盤！主菜是熟食海鮮，意大利人在平安夜是不吃肉的（豬牛羊）。主菜非常美味，我已經非常飽了。

然後又換碟，原來還有第二道菜！是意大利粉！其實我已經非常飽，吃不下任何東西，但是我不好意思推搪，還是繼續吃。這刻，我肚子裏的食物由胃部近乎湧上食道，快到喉嚨了，幸好我還是我吃完了我碟上的意大利粉。

最後，還有甜品！我的肚皮快要破裂了，這時已差不多十二時了！

我們一早將準備好的聖誕禮物，放在聖誕樹下。吃完

平安夜晚餐後，大家交換聖誕禮物，在聖誕樹下找屬於自己名字的禮物。原來我這個臨時嘉賓亦有聖誕禮物，是Ａ送的香水、他姐姐送的護手霜及朱古力。

第二天聖誕節早上，他們一家人喜氣洋洋地去教堂，感覺有點像我們的農曆新年。我和Ａ沒有跟隨，反而去了附近的大草地散步。

他們回來後準備聖誕節午餐，中午又開始慶祝。昨天晚上表姐表弟已經離開，今天有其他親戚到訪，十多人一起慶祝。聖誕節午餐有頭盤、主菜、第二道菜及甜點，今次為免太飽，我不吃太多頭盤，多吃一點主菜、第二道菜及甜品。這兩餐的最大分別是，平安夜晚餐不吃肉，主菜是海鮮；而聖誕節午餐的主菜是肉，原來在聖誕節當日才吃肉的。吃完聖誕午餐、交換禮物後已經天黑。

在意大利，我愛上了聖誕節。這彷彿是我人生第一次真正慶祝聖誕節。

聖誕節後，我在他們家多留一、兩天才離開。我在他們家裏吃了一款非常可口的**咖啡流心朱古力**。這款朱古力生產地在意大利，只在指定歐洲國家、指定季節發售，因為是流心朱古力，溫度稍高會溶掉，影響質素及味道，所以只在冬天才吃到，後來我仍回味那朱古力的味道。然後，我依依不捨地離開意大利。

慢活地中海島國
——馬爾他

馬爾他是位於南歐與北非中間地中海的歐盟小島國，在意大利南方，面積只有羅馬三分之一。馬爾他由五個島嶼組成，除馬爾他島（Malta）外，還有戈佐島（Gozo）、科米諾島（Comino）和兩個很細小的島。

馬爾他四面環海，沒有陸路交通可達，是我這趟旅行唯一乘搭飛機往返的國家。我下飛機走出離境區，就從心底裏露出笑容，馬爾他空氣清新，街道乾淨，旅客不多，不擠擁，風景美麗。

我在馬爾他慢活下來，在一間很舒適的旅館住了十多天，這裏有桑拿、水療設施可以享用。我有時搭巴士去市場買兩、三天的食材，在旅館準備三餐。馬爾他主島不大，搭巴士到處遊玩很方便，亦有很多船班次來回戈佐島及科米諾島。在旅館聽到有些旅人說這幾天坐船時風浪很大，有點暈船浪。所以，我上網查看後幾天的風速及海浪高度，等到微風細浪的晴天才出發去佐島及科米諾島。

life does not count the steps you take or the shoes you use but the footprints you leave

　　收到意大利朋友 A 訊息，他下星期來馬爾他跟我一起玩幾天。

　　旅行中，我除了在西班牙學習西班牙語外，也在馬爾他上語言課，但我並不是學馬爾他語，而是從幼稚園便開始學的英語，旅途上我天天說英文，為什麼還要學英文？因為距離 A 來馬爾他還有一星期，而這星期將會打颱風，在島國打風不能出海，不能去沙灘，少了很多節目，所以就在旅館對面的語言學校上英文課，體驗一下馬爾他的校園生活，我報了中級班，老師教文法，教英文生字，程度有點像中學上的英文課，就當是一個體驗吧。

　　在馬爾他的最後幾天，A 來了，我由一個人的快樂，變為陪伴的快樂。馬爾他面積小，不需太多交通住宿安排及行程計劃。這次，我們懷著輕鬆的心情，坐船去小島，去行山，隨便坐巴士遊主島，到處逛逛，相處更舒服自在。

我乘搭歐洲之星抵達倫敦，這次我用
BNO 入境英國，心裏想日後會否留居英國，
但一下火車，氣溫明顯下降，極度怕冷的我幻
想頓時破滅。

幾年前，我在香港學習塔羅牌時認識了
朋友 C，她跟老公剛移民到英國中部，我們相
約見面，在她家吃晚飯，她問我想吃什麼，我
的請求很簡單，我説想吃熟的蔬菜，因為我
已經半年沒有吃過煮熟了的蔬菜，歐洲的沙
律菜都是冷的。她告訴我蘇格蘭北部有一靈
性之地叫 Findhorn，我們就興致勃勃相約到
訪。Findhorn 是花精的發源地，生活在芬霍
恩生態村（Findhorn Eco Village）的人，來
自世界各地，他們擁有共同的生態、經濟和社
會理念，注重與大自然和諧融合，以可持續發
展為目標。他們都是不追求物質生活，想過簡

單健康生活的人。他們的社區是互相幫助，自給自足的。我在 Findhorn 參加了免費的冥想班、唱歌冥想班、瑜伽班及跳舞班，沒想過歐洲竟然有這種免費的活動，隨喜就可以了。在 Findhorn 的日子，我有些啟發。

　　離開 Findhorn 過後，我也去了蘇格蘭愛丁堡（Edinburg），去看看我讀碩士的大學，也與我讀碩士時認識的香港朋友 N 見面，他在碩士畢業後，在愛丁堡再多讀一個碩士，他現在住在愛丁堡及在當地創業，他勇敢地走出舒適圈。我相信人生有無限可能，只要願意踏出第一步。

　　之後，我由蘇格蘭北部走到英格蘭南部布來頓（Brighton），天氣明顯溫暖許多，我在海灘享受自由自在的日光浴。

　　英國之旅，也是我的心靈之旅，我的心好像打開了。

歐洲大陸最西端 ——葡萄牙

我在歐洲逗留時間最長的國家，是歐洲大陸最西端的葡萄牙，我遊訪了波多（Porto）、皮尼揚（Pinhao）、馬爾科 - 德卡納維澤斯（Marco de Canaveses）、阿馬蘭蒂（Amarante）、孔布拉（Coimbra）、納扎雷（Nazare）、辛特拉（Sintra）、羅卡角（Cabo da Roca）、里斯本（Lisbon）和法魯（Faro）。

我由意大利開始用三個月任搭的火車票，這段時間移動迅速，去了許多國家，遊了許多城市。直至到達葡萄牙第一站波多，車票有效期結束，我開始放慢腳步，**沒有火車票的束縛，也許更自在**，能細味葡萄牙的美。

當時正值十月，我打算一月回港過農曆新年，接近旅程的歸途，懷著有點不捨的心情，享受在葡萄牙的慢生活。我嚮往葡萄牙簡單的生活，我在葡萄牙愛上了烹飪，每天去

超市買餸，有時準備一日三餐，煎了很多三文魚，還煲了**葡國心靈雞湯**，與旅館的人分享中式湯。

　　我和香港人 W 相約在葡萄牙波多同遊幾天，去皮尼揚（Pinhao）遊杜羅河。在葡萄牙離別時，我倆説大家都是沒腳的小鳥，不知下次會在何地相見，應該不會是香港吧！沒料這是我們最後一次在外國見面。

　　在東南亞認識的葡萄牙人 M 已完成長途旅行回葡萄牙，他住在距離波多一小時車程的馬爾科 - 德卡納維澤斯（Marco de Canaves）。我住在他家幾天，體驗當地人的生活，體驗旅人發掘不到的地道。這幾天，M 帶我遊覽附近的小鎮阿馬蘭蒂（Amarante），吃當地人吃的餐廳，認識他的朋友，有幾晚我便跟他們一起喝咖啡、喝酒聊天。

　　我和 M 在緬甸分別後，到這次重聚已經相隔八個月。旅行時認識的旅人，往往只是看見他們旅行、玩樂的一面。這次，我接觸到 M 的日常生活。他的家非常乾淨整齊，衣櫃掛了十幾件熨得筆直貼服的淺色恤衫，每個掛著恤衫的衣架之間距離都是約五厘米，近乎是精確量度過的！我從未見過這麼整齊的衣櫃。

　　中學同學 L 和 J 來葡萄牙旅行十多天，我們相約在波多見面，一起玩兩天，我們去吃葡萄牙美食、去酒莊。他們都是喜歡旅行的人，但一起在外地旅行卻是第一次。

　　我每次在外地與香港朋友重聚，都會見到跟從前不同的他們。漸漸，我發覺朋友沒有改變，而是**自己悄悄在改變中**。我變得心廣體胖，曬出背心印，皮膚黑了，長了雀斑，習慣了每天手洗衣服，學會烹飪，**由看景點到不想看景點，由喜歡大城市到愛上沒有遊客的小鎮，由旅行到生活，由打算回港到繼續走下去**。一年多的時間，由身到心都改變了很多，對人事物的體會也不同。

在波多密集式見了三組朋友後，我想要一個人的空間，於是去了孔布拉（Coimbra），一個遊客不多的大學城，我遇到一間喜歡的旅館，房間乾淨，員工友善，我留下來慢活十天，享受一個人的寧靜，頓感自在。

靜下來想想，或會覺得自己有點矛盾。

「我很獨立，我需要個人空間！」但有時喜歡陪伴。

「我愛流浪！」但需要安全感。

「我很隨性！」卻是一個有計劃的人。

當我們把在生活中的自我包裝一層層剝掉，就是最真實的自己。

也許，人的性格都是複雜的、是多樣的，以致有時候我們不了解自己。正如我們同時擁有太陽星座、月亮星座及上升星座不同的特質，代表著不同層面的自己。我的太陽及上升星座都是土象星座，比較踏實穩定、理性、做事有計劃；而月亮星座是風象星座，喜歡探索未知、愛自由、獨立。**一個人旅行，每天都與自己內心對話，漸漸更認識自己。**

世界和平
——葡萄牙

我在里斯本（Lisbon）旅館，看見牆上寫了 World Citizen（世界公民）。

從前，我對世界公民沒有概念，只知道自己出生於香港。從課本中認識第一次及第二次世界大戰，縱使戰爭中千萬人死亡，我也沒有什麼太大的感覺，就是很久很久以前的歷史而已。偶爾在電視看到地球上某些角落發生衝突的新聞，彷彿是離自己很遙遠的。對戰爭遺留下來的痕跡也沒什麼太大體會，歐洲被害猶太人紀念碑、柏林圍牆、集中營、戰爭博物館及無數的獨立紀念碑，就是旅行中的景點。

　　邂逅了世界幾十個國家，對世界產生了感情，亦對自己世界公民的身份有所認同。明白那麼多戰爭遺留的痕跡，是要警惕我們戰爭的殘酷與傷害。最近世界紛亂，俄烏戰爭及以巴衝突等，**希望世界再沒有戰爭，願世界和平！**

　　在往西班牙的火車上，我沉澱下來，回想一場又一場的邂逅與交流，他們所**追求的各有不同**。

長期旅行者：探索世界，追求自己想過的生活。

短途旅行者：爭取時間看多些景點。

靈性者：探索人生的意義。

慈悲者：幫助別人，利他自利。

拼搏的人：賺錢，追求更好的生活。

長者：對生命倒數的心態，珍惜時間，做有意義的事。曾聽過一個退休人士說：「雖然我不需工作，但不等於我要花時間等你。」

　　每個人所追求的不同，我感恩自己放下了一些，然後過著自己嚮往的生活方式，自由自在，探索世界，了解不同國家文化，也更認識自己。我在搖晃著的火車上想，這些我所嚮往的，都是以自己為中心，我是否應該放下「我」，以慈悲的心，學習愛他人、愛地球呢？

學西班牙語——西班牙巴塞隆拿

我來到熱情的西班牙巴塞隆拿（Barcelona），這時我已經在歐洲幾個月了，我漸漸發覺自己不是在旅行，而是在生活。巴塞隆拿最著名的景點，蓋了一百四十年還未完工的聖家堂近在咫尺，我也沒有走近一睹它的風采。我反而走進課室，學習西班牙語。

西班牙語是世界第二大語言，僅次於漢語，全球有五億人口以西班牙語為母語或第二語言。我選擇了一星期二十小時的課程，逢星期一至五上課，每天四小時。雖然我學西班牙語的時間不長，但也學習了一些基本的語法及詞彙，在西班牙時，可以用西班牙語跟人說你好嗎？「¿Cómo estás?」，你好「Hola」，謝謝「Gracias」，再見「Adiós」；在餐廳用膳

時，我會知道餐牌上寫什麼雞牛羊豬魚，能用西班牙語點
西班牙炒飯及西班牙水果酒；在街上，見到路牌及店舖招
牌上的西班牙文，也會有一點點概念，學習西班牙語讓我
看到更多，聽到更多，體會更深。

　　旅途上我喜歡與人交流，了解當地文化及人民的生
活。其實要認識世界，也可以走進學校。旅行時，遇到很
多長期旅人，我們都有一顆探索世界的心，停不了的步
伐。**課室裏，卻遇到不同的人。**

　　我的老師是一位巴塞隆拿人，她也很喜歡旅行，她很
友善，很用心教我們，我學習語言的能力不高，進度比其
他同學慢，老師說不打緊，叫我有不明白的地方就問她，
讓我學習得很舒服。

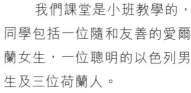

我們課堂是小班教學的，同學包括一位隨和友善的愛爾蘭女生，一位聰明的以色列男生及三位荷蘭人。

其中一位荷蘭同學，年約四十，事業女性，是管理層，走進課室學習陌生的外語。有一天，在課堂上她突然哭了。我們有點不知所措，她說因為學習進度未如理想，覺得自己做得不好，所以自責，我們都紛紛安慰她，她很快就放下情緒，繼續上課。不知是否她對自己的要求太高，還是在工作上習慣了做領導者，習慣了成功，所以在學習遇到困難時未能面對。

另一位荷蘭女同學，年約二十，趁休學空檔年（Gap year），用一年時間實踐與體驗自己感興趣的工作及生活方式。她用 Workaway 找免費住宿，一邊工作，一邊學西班牙語。休學空檔年在歐洲盛

行，主要目的是體驗自己感興趣的事，尋找成長的機會。旅途上，我也遇過很多歐洲年輕人趁 Gap Year 出來旅遊的人。他們從小就習慣往外跑，不論是旅遊或工作。

在香港，我沒有認識 Gap year 出來旅遊的人，有些人覺得大學畢業後玩幾個月才找工作的人和工作假期的人，只顧玩樂，不上進及逃避。也許，這就是**生活態度與文化的差異**。香港人拼搏，努力工作，這或是香港在過去幾十年經濟發達的原因。然而，在西方人眼中，香港人卻是只懂工作而忘了生活的人。

放下 ——西班牙

旅行前，我放下了香港的舒適圈、熟悉的環境、工作賺錢的機會。我在西班牙的一個月，也放下了一些東西。

長途旅行時，我的衣著以舒適輕便為主，沒有華麗的衣服，選擇容易配搭，不易皺及快乾的衣服。鞋子方面，開始旅程時我穿黑色 Nike 波鞋，踏過西藏及絲綢之路後，波鞋的腳趾位置有點破爛。後來我就換上一雙 Camper 闊頭休閒鞋。它伴我陸路走了三十多個國家，漸漸由淺藍色變為灰黑色，我認為它是一對安全鞋，在歐洲有很多小偷，他們除了找容易下手的人物、時間及機會，衣著華麗的亦較受注目，所以我穿著這對變為灰黑的鞋子，應該比較安全。但鞋子穿了三百天，由防水變為會入水的鞋，下雨天時穿它，襪子會濕，所以我在巴塞隆拿時換了一對新的灰色 Nike 波鞋。

旅途上，除日用品及食物外，我很少購物，除非有實際需要。

旅行經常在戶外，天天在陽光下走動，太陽眼鏡是必須的。我出發前買了副輕身的塑膠太陽眼鏡。它替我遮擋下了四百多天的紫外

光，但它跌過幾次，藍色的鏡片滿身傷痕，我不確定刮花會否影響防紫外線的效果，所以我在巴塞隆拿換了一副太陽眼鏡。

對於長途旅者，一條快乾的浴巾非常重要，有時候只在旅館住一晚，第二天早上就離開，要是離開時毛巾仍未乾透，放進行李內就會有霉味。我出發前在香港買了一條超輕薄的運動浴巾，陪伴了我一年多。有一次，我在西班牙旅館洗衣服，衣服掛乾後，毛巾竟然不見了，我問室友有沒有放錯毛巾在他們的衣物裏，找了很多遍仍尋不回。最後我只好去買另一條毛巾，雖然新毛巾不及原本那條輕薄，但直到今天我還在用它。

我的行李內有一個可摺式的衣架和一個細小的粉紅色掛帶，方便把用完的濕毛巾及手洗衣服掛在房間或碌架床弄乾。有一次在西班牙馬德里的旅館，到達後就放下隨身物，然後去房間外的共浴室洗澡，房間是拍卡出入的，我出去時，剛巧有個男生入房，當我洗完澡回房間，那男生又剛剛走出房間。我不以為意，回到我的床位，發現行李箱的位置有被些微移動過，因為我習慣很整齊地將行李箱放床邊，回房後見到床邊跟行李箱有罅隙空間，就知道它被移動過。我想：那個男生是住在這房間嗎？他是小偷嗎？然而，我習慣在房間內也把行李箱鎖上密碼鎖，我打開行李箱檢查，完全沒有被打開過的痕跡，而且我習慣所有貴重物品，包括護照、電話、錢包跟身帶去浴室，所以根本沒有貴重物留在房間內。但是放在床上的粉紅色掛帶竟然不見了，我想：就算那男生真的是小偷，為什麼要偷

一條完全不值錢的粉紅色掛帶呢？

在西班牙，我放下了一雙舊鞋子、一副刮花了的太陽眼鏡、一條毛巾及一條粉紅色掛帶。

從前，我有個花名叫蟹后，因為我以前非常喜歡吃蟹。在西班牙，我由愛吃蟹，變成愛蟹。**愛，不一定要擁有，也可以放下。**如果拿著一些東西不放，或許我們會擁有它；如果放下它，或許我們有更多選擇。人生有些**東西需要放下，才能瀟灑活下去。有捨才有得，也許，學會放下，得到更多，走得更遠。**

在西班牙，**我得到了信仰。**

在馬德里的旅館，有一晚十時多，我望出窗外，看見天空遠處有藍光，我觀察了很久，它依然存在，隔天早上，我問旅館職員這是什麼，他說平常是沒有的，可能是UFO。宇宙浩瀚，地球以外有其他生命體、外星文明也絕不稀奇。也許，那些UFO正載著星球旅行者，有一天，我們也可以去星際旅行，或者時光旅行，穿梭過去與未來。

朝聖之路 ——西班牙聖地牙哥

在法國南部時，我第一次聽到旅人說朝聖之路，它全名是聖雅各之路（Camino de Santiago），泛指由歐洲各地前往西班牙的聖地牙哥德孔波斯特拉（Santiago de Compostela）大教堂，相傳耶穌十二門徒之一的聖雅各的遺體存放於此，是天主教三大朝聖地之一。聖雅各之路的路線有很多，最正宗的是由法國庇里牛斯山通往西班牙聖地牙哥德孔波斯特拉，全程約八百公里，需行三十多天才完成。

我身上沒有足夠的徒步裝備，沒打算行三十多天聖路。朝聖者都患著不同程度的痛楚，腳底長水泡，雙腿酸痛，膝蓋疼痛，舉步難行；還有風吹雨打，日曬雨淋，但仍堅持完成，我很想知道**是什麼驅使朝聖者行聖路**。

我決定親自走一趟聖路，我選擇行聖路的最後一段，由 Padron 出發，行二十五公里，需六、七小時。聖路上隨處可見聖路貝殼形的標誌，及聖地牙哥德孔波斯特拉的方向指示，不需用手機地圖導航。我在陸地上走，電話卻調至飛行模式，網絡世界資訊太多，往往令我們思緒太混亂，關掉手機，才能專注。一路上，我走過公路、油柏路、石頭路、石仔路、泥地、樹林、草叢、小鎮、村落，也遇見狗、貓、羊、馬、雞，及無數朝聖者，朝聖者

在路上都會互相說「Buen Camino」，祝對方一路平安順利。路上，我遇見過歐洲人、美國人、巴西人、澳洲人、日本人、台灣人及菲律賓人，他們以銀白髮為主，也見到約十歲的小男孩及修女，我喜歡與他們交流。他們當中，有的因為宗教信仰而行聖路，更多因為靈性、探索好奇，也有不少銀髮族，有感餘生時間不多，趁身體健康，還有體力，就先行這段被喻為一生必走一次的路。

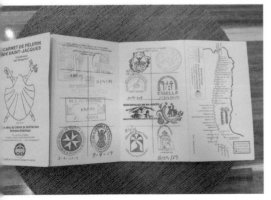

在聖地牙哥德孔波斯特拉大教堂前的廣場，有無數為完成聖路而擁抱及脫鞋躺在地上的人，他們臉上充滿喜悅的笑容，是純粹的快樂。

聖路上的旅館叫庇護所，我覺得比一般旅館寧靜，可能因為朝聖者內心寧靜，也可能因為他們每天持續走二十多公里路，累積走了七、八百公里路，實在太累。這一年多的旅途上，我通常上午八時左右就會睡醒。在聖地牙哥聖城，行完聖路那晚，我住在四十人的庇護所，竟然睡到上午十時還未醒。那晚我做了個夢，夢中我見到天空中有白光，我從未見過有如此光亮的光，而且一點也不刺眼；我見到天空中的佛像；我身處一個很舒服的地方，感受到前所未有的平和與沒有重量的喜樂。這個夢到底有什麼啟示呢？

伊比利半島的阿拉伯文化 —— 西班牙南部

位於伊比利半島（Iberian）、西班牙南部的安達盧西亞（Andalucia）地區，曾被北非摩爾人統治，遺留阿拉伯文化的痕跡，十五世紀開始有不少吉普賽人聚居，是佛朗明哥（Flamenco）舞蹈及音樂的起源地，亦盛行鬥牛文化。西班牙南部熱情奔放，西班牙北部相對較內斂及充滿文藝氣息，南北截然不同。

西班牙南部是旅遊天堂，我遊了塞維亞（Seville）、格拉納達（Granada）、馬拉加（Malaga）、隆達（Ronda）、卡迪斯（Cadiz）、

阿爾赫西拉斯（Algeciras）、塔里法（Tarifa）及英國海外領土直布羅陀（Gibraltar）。

有天晚上我在塞維亞旅館，看見牆上掛鐘顯示十時，奇怪我的電話卻顯示九時，我才發現當天是夏令時間的轉換日，比平時多出一小時的睡眠時間。原來，我們可以一天有二十五小時。如果時間停頓，你想留在昨天、今天，還是明天？到底時間是什麼？現在的我，能夠穿越四維空間，遇見過去和未來的我嗎？

格拉納達是我最喜愛的西班牙南部城市，當地遺留著許多阿拉伯及伊斯蘭文化，位於格拉納達的阿爾罕布拉宮建於摩爾王朝時期，是伊比利半島最後的伊斯蘭王朝歷史遺跡，它融匯著穆斯林、猶太教和基督教建築風格及特色。**伊斯蘭教真主、天主教基督教耶穌、佛教佛祖，不同宗教對神有不同的詮釋及理解**，有些信徒戒豬肉、有些戒牛肉、有些吃素、有些戒煙酒，這些信仰與戒律，背後到底**殊途同歸，還是截然不同呢**？

幾百年前，阿爾罕布拉宮內的人過著奢華的生活，宮殿外的人又過著怎樣的生活呢？彼此生活在同一空間，只是隔著一道牆，分隔了富貴與貧窮，生活條件完全不同，到底是宮內還是宮外的人活得較快樂呢？

格拉納達是西班牙現時唯一仍保存傳統 Tapas 文化的地方。在酒館只要點一杯酒或飲品，就會送上一碟佐酒小食 Tapas。西班牙人早上上班，約下午二時後休息二、三小時，到下午四、五時再上班，然後七、八時才下班。所以下午時間，他們習慣去喝杯酒、吃 Tapas，而晚餐通常都在九時後才開始。

我和意大利朋友 A 相約同遊西班牙及摩洛哥，我們約在卡迪斯等，第二天移動到西班牙的最後一站塔里法，塔里法位於歐洲大陸的最南端，能遠眺對面的非洲大陸，我們準備踏上非洲之旅。

西班牙醫院
——西班牙塔里法

這趟西班牙及摩洛哥之旅，意大利朋友 A 的重點是滑浪，我通常趁他滑浪時享受一個人的寧靜與自在。在西班牙塔里法（Tarifa）的某天，他去滑浪，我就去市場買魚及青口，回旅館準備晚餐。我在準備海鮮晚餐時，發現自己雙手有點腫脹，當時以為可能是突然敏感，稍後會消退。

凌晨時分，雙手更腫，尤其是左手手背，像長了個乒乓球似的。早上八點起床，左手腫脹到連握緊拳頭也有困難，就立即去醫院看醫生。

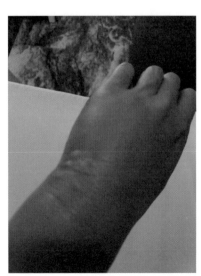

去到醫院，好不容易才找到一個會説英

文的工作人員。「這是政府醫院，你不是西班牙人，你需要先去銀行付錢才可看醫生。」說罷她在一張表格上寫了些資料，說去任何一間銀行也可以，她還在地圖上指示了銀行的位置，來回銀行也不過十五分鐘，我唯有先去銀行付錢。

到了銀行，排隊等候了一會，職員說沒有醫院的賬戶號碼存不到錢，擾攘一輪後，他才願意替我打電話給醫院，然後寫下一個賬戶號碼，叫我拿著賬戶號碼去對面銀行辦。為何這裏辦不到呢？

對面銀行排隊等候的客人更多，終於等到了，職員輸入那賬戶號碼，然後說「不能存錢。」天啊，可以怎麼辦？

我唯有回醫院，告訴醫生我存不到錢給醫院。

「你已去了銀行，存不到錢給醫院不是你的問題，請給我護照，幫你安排看急症。」良心醫生說。

最後，看了醫生，還打了兩支針，然後醫生叫我去藥房配藥膏。

「我打算今天去摩洛哥，我的情況可以繼續去嗎？」我問醫生。
「可以。」醫生說。

　　我回去收拾行李便出發去摩洛哥，兩天後雙手已經消腫。

　　這是我在旅途中第三次去醫院看醫生。擁有健康身體，是去旅行的基本條件。如果年紀大了，退下忙碌，賺到財富，但可能再沒有壯健的體魄去遊歷世界。旅行前，衡量自己能夠承受的風險，考慮經濟及健康狀況，就懷著熱切的心去做！否則一年又一年過去，永遠無法做到想做的事。宇宙每天都在變化中，一切生命，皆是無常，我們要活在當下，勇敢去追求自己想做的事。

旅行是一場修行

邂逅之地：

摩洛哥

登陸非洲——

非洲篇

二零二四年《世界幸福報告》排名

摩洛哥：107

登陸非洲
——摩洛哥

摩洛哥位於北非,北邊乃直布羅陀海峽,
遙望西班牙,東部與阿爾及利亞接壤,南邊乃
撒哈拉沙漠,西面濱臨大西洋。

　　我和意大利朋友 A 從西班牙塔里法（Tarifa）坐船去摩洛哥丹吉爾（Tangier），一小時就從歐洲到達非洲，這是我第三次使用海路方式入境，也是《牧羊少年奇幻之旅》的路線，牧羊少年渴望認識這個世界，身上只帶著很少東西就離開家，在西班牙塔里法遙望非洲，在安達魯西亞牧羊，然後在丹吉爾水晶店打工，去撒哈拉沙漠，再去金字塔，勇敢追尋夢想，這些畫面都浮現在我腦海中，彷彿置身在其奇幻之旅中，牧羊少年對夢想的追求與勇氣，排除萬難，一步一步實踐自己的夢想。

　　這是我第一次踏足非洲土地，內心有點期待。我一直以為位於非洲大陸的摩洛哥，溫度會比西班牙高，但我在丹吉爾（Tangier）、舍夫沙萬（Chefchaouen）、梅克內斯（Meknes）都感覺到比西班牙更寒冷，直到南下馬拉喀什（Marrakesh）及阿加迪爾（Agadir）才溫暖些。摩洛哥雖是非洲中環境條件較好的國家，但我也特別注意安全及衛生，時常提高警覺，用安全模式去探索世界。在摩洛哥搭長途巴士時，將行李箱放在車底的儲物空間，要特別留意行李箱會否被偷。我來摩洛哥前也特別預備了些物資，買了些餅乾零食，以便搭長途車肚子餓的時候可以充飢；預備了約二十包紙巾，以免在摩洛哥買不到；也預備了濕紙巾，以備沒有熱水洗澡可以抹身。我在摩洛哥刷牙後會用蒸餾水漱口，因為自來水可能不乾淨，我在摩洛哥不吃沙律菜，因為如果菜用自來水洗過，容易水土不服。

網絡上看到有旅人説到摩洛哥旅遊要小心安全，對我來説，去過被喻為邪惡軸心的伊朗、陸路過境最困難的中亞，摩洛哥應該不算高難度，然而，經過大半年在歐洲的舒適生活，初來摩洛哥也有些遭遇，需要適應：

- 搭的士去旅館，大概十五分鐘路程，司機開價70MAD（約HKD55），殺價到40MAD，但公價是約15MAD至20MAD。

- 街上有人兜售遊覽小鎮的導遊服務，開價100MAD，我説太貴，但沒有講價，因為我想自己遊覽，他單方面減價至80MAD，然後50MAD，最後減至30MAD。我告訴他我是越南人，我想這是他主動減價的原因，最後他説，這裏不是越南，沒那麼便宜。

- 街上遇到穿傳統服飾的人，主動説可以跟我們拍照，拍照後他向我們要錢。

- 一種貌似人參果的水果，第一次買5MAD，第二次買4MAD，第三次買2MAD。

　　他們總想在遊客身上賺取更多金錢，每每要提防，不能完全放鬆，很累，也覺得有些煩厭，漸漸身體凝聚了一些負能量。

負能量
——摩洛哥

A 想爭取多些時間在阿加迪爾（Agadir）滑浪，所以從加的斯（Cadiz）到阿加迪爾（Agadir）的一星期裏，每個地方我們只是停留一晚，急速的移動使人很疲累，身體也積聚了一些負能量。

在梅克內斯（Meknes），早上我們上網訂好了當晚的馬拉喀什（Marrakesh）住宿，就出發去火車站，從梅克內斯去馬拉喀什，車程五、六小時。誰料當天是假期，去馬拉喀什的火車票全部售罄。我們只可以選擇：

一、改搭明天的火車，但馬拉喀什旅館的住宿費就白付了，也未知可否訂到當晚的梅克內斯住宿。

二、嘗試去巴士站搭本地巴士，但不知道能否買票。

三、找共乘的士，當時恰巧有當地人說有車去梅克內斯及馬拉喀什中途的卡薩布蘭卡（Casablanca），說可以用火車票的價錢載我們去，我們去到卡薩布蘭卡再自行找車，或者在卡薩布蘭卡留一晚。不過，如果司機中途停車，要求更多錢，我們沒有退路，而且就算順利去到卡薩布蘭卡也要再找車，我覺得有太多掌握不到的變數。

考慮之際，收到馬拉喀什旅館傳來的電郵，說抱歉當晚收到過多的預訂，不能接待我

們。這是我旅行一年多以來，第一次遇到旅館超出預訂量而被取消訂房。

最後，我們坐的士去巴士站，嘗試買即日的本地巴士票。這是一個本地巴士站，站內非常混亂，當時下午一時多，車站的人說，下午三時的巴士有票，到達時間是晚上十一時。那麼晚才到達我有點猶豫。但最後還是決定買下午三時的巴士票。

可是排隊到我們買票時，下午三時的巴士票剛售完。售票員說有下午四時的票，凌晨一時到達，以及晚上十時的夜車有票，明天早上七時到達。我們不想凌晨一時到達，寧願選擇坐夜巴。巴士上九成是當地人，每隔個多小時就會開燈，停站大聲叫乘客落車，在沒有真正睡著過的情況下，早上六時天仍未光就到達目的地。

我在摩洛哥產生了不少負面情緒，體內也積聚了一些負能量，我察覺到我被負面情緒影響身體，身體有些敏感，在身、手、腳長出粒粒，今天有十幾粒在這裏，明天又長有十粒在那裏。我本身不是一個皮膚敏感的人，亦從來未試過這種情況，可能是心理影響生理，也可能是摩洛哥的水、食物、空氣或衛生環境引致敏感，直到離開摩洛哥就不藥而癒了。聽說過，百分之八十以上的疾病都和情緒有關，負面情緒會影響身體，累積成疾病。一個人旅行的時候，所有事情都要獨自面對，包括要懂得照顧好自己的情緒。

撒哈拉沙漠
——摩洛哥

　　我和 A 在馬拉喀什分開後，我繼續一個人的旅程，踏上撒哈拉沙漠之旅。

　　在撒哈拉沙漠，我騎著駱駝看無邊際的日落；晚上在浩瀚沙漠，圍著篝火唱歌跳舞，看著夜空滿佈繁星的震撼；夜深在帳幕下蓋著四張被睡覺，只露出臉頰及耳朵，仍然寒冷得顫抖，亦不阻我天未亮就爬起床看撒哈拉沙漠的日出；看到充滿朝氣的太陽徐徐升起，普照沙漠，撒哈拉再次充滿溫暖。這個日出、太陽、溫暖，日落、繁星，寒冷的循環每天在撒哈拉沙漠上發生。每天有大量旅客去感受它，然而，把自己放逐到遠方，在撒哈拉沙漠住下來，遠方的風景看慣了，就是生活。

想起撒哈拉沙漠，彷彿就聯想到浪漫、流浪、探索。提起撒哈拉沙漠，你想到什麼？

《撒哈拉的故事》內三毛與荷西浪漫而淒美的愛情故事？

「每想你一次，天上飄落一粒沙，從此形成了撒哈拉。」

「心，若沒有棲息的地方，到哪裏都是流浪。」

雖然三毛與荷西住在撒哈拉沙漠的生活條件不好，但三毛內心富足，簡單快樂地生活。她從不抱怨，樂於生活。其實快樂與否，並不在乎物質，也不在乎事情，而是在於自己的內心。

《小王子》中遇到來自另一個星球,覺得大人很奇怪的小王子?

「所有的大人都曾經是小孩,雖然,只有少數的人記得。」

人們在世界擁有的越來越多:金錢、物質、科技、舒適生活等,但卻變得越來越複雜,越來越不快樂。小孩的世界很簡單,卻很快樂。我們赤裸地來到這裏,也赤裸地離開。物質從來都是帶不走的,唯有靈魂一直走下去。

《牧羊少年奇幻之旅》那個橫越撒哈拉沙漠,尋找寶藏的牧羊少年?

「你的心在哪裏,寶藏就在哪裏。」
「當你真心渴望某種事物時,整個宇宙都會聯合起來協助你完成。」

我欣賞牧羊少年的勇氣,追尋自己的夢。

我在撒哈拉沙漠回想起在西藏珠穆朗瑪峰的難忘星空銀河,第一次看到滿天繁星,第一次睡在荒蕪的大本營,原來已經是一年多前的事,我簡單快樂地生活已經一年多了!

旅行是一場鍛鍊

邂逅之地：
斯洛文尼亞、斯洛伐克、波蘭、俄羅斯、哈薩克、中國

07

歸途篇

聖誕節後，開始踏上歸途。

歸途
——斯洛文尼亞、斯洛伐克、波蘭、俄羅斯

本來打算由意大利乘搭四十小時俄羅斯鐵路去俄羅斯，再在俄羅斯乘搭西伯利亞鐵路去北京，由北京回港。但由意大利去俄羅斯這一程火車比分段車費貴很多，所以決定分段乘巴士及火車。我沿途停留了斯洛文尼亞、斯洛伐克及波蘭，沒有深度探索，也沒有真正的享受，只是快速移動，趕在農曆新年前回家。**其實，歸途真的很累！**

第一站，是斯洛文尼亞首都盧比安納 (Ljubljana)，遊宛如童話的布萊德湖，沿著湖畔繞一圈，冷得顫抖地欣賞在湖中心恬靜的古老哥德式教堂。那天早上只有零下七度，中午最高溫度也只有一、兩度，是我在歐洲體感最寒冷的一天。

第二站，斯洛伐克首都布拉迪斯拉瓦 (Bratislava)，只匆匆停留一晚。

第三站，被喻為波蘭最美的城市克拉科夫 (Krakow)，我在克拉科夫時正值除夕，在廣場熱熱鬧鬧地倒數迎接新年。一個人在外地，更想感受節日氣氛，然而沒料到這也是迎接疫情的開始。

第四站，波蘭首都華沙 (Warsaw)，只是停留一晚，稍作休息，快速的移動實在太累。下次我會真正認識這些國家，奈何疫情改變了我的行程，也改變了我們的生活，令我無法繼續走下去。

　　第五站，俄羅斯首都莫斯科 (Moscow)。坐了二十一小時火車，由波蘭華沙出發，途經白俄羅斯去莫斯科。旅途上我坐過許多次長途火車，而這次是我坐過設備最完善的火車，房間用智能卡開門，房內的小桌子下藏有小鋅盤，可刷牙洗臉。我坐的是四人車廂，車廂內還有一對俄羅斯夫婦及其三歲女兒，我跟小女孩玩遊戲。我喜歡坐長途火車，慢慢的搖晃著，坐在窗邊看風景，累了就歇息，也可與不同文化背景的人父流，談談旅遊，分享見聞。

　　俄羅斯的冬天嚴寒而且漫長，白雪紛飛。超級怕冷的我將厚厚的衣物穿上身。幸而，二零二零年的俄羅斯，打破了一百三十多年的紀錄，一月初溫度只維持在零度左右，沒有降大雪，僅有零星的雪花紛飛，感恩讓我體驗了俄羅斯一百三十多年以來最溫暖的冬天。

原來俄羅斯的聖誕節是一月七日，我剛巧遇上了，也讓我再過一個下雪的白色聖誕。而一月一日到八日是俄羅斯的新年假期，紅場附近人山人海，非常熱鬧，有街頭滙演及充滿特色的聖誕主題佈置，璀璨奪目，籠罩著濃厚的節日氣氛。我在莫斯科最標誌性的建築——聖瓦西里大教堂附近漫步，這東正教教堂由九座塔樓所構成，每座塔樓的洋蔥圓頂色彩繽紛，彷彿是獻給戰鬥民族的一個童話世界。

一百六十六小時火車之旅
——俄羅斯、哈薩克

原本想由俄羅斯乘搭西伯利亞鐵路去北京，中途停留數站。但正值嚴冬，沿途零下二十度，根本無法好好享受，於是我選擇了一條較短的路線回港，由莫斯科去哈薩克，哈薩克去新疆，新疆去深圳，然後回港。不過由莫斯科去哈薩克的路程也不短，而且沒有火車直達，就找個中途站，先由莫斯科坐十六個小時火車去邊境城市薩拉托夫 (Saratov)。

薩拉托夫是俄羅斯的邊境城市，位於烏克蘭與哈薩克之間，在全歐洲最長的伏爾加河下游，薩拉托夫並不是旅遊城市，我在當地沒遇見過一個遊客，街上連行人也不多，這裏比莫斯科更冷，伏爾加河結了冰，我沿河邊走了一公里，看見幾個男人坐在結冰的湖面釣魚，更看到一個沒穿上衣的男人在冰天雪地的河邊游泳，簡直不敢相信自己的眼睛，眼前的男人還能活著？這是青春的勇氣麼？也許，歲月把人愛冒險的勇氣沖淡。

我在薩拉托夫待了兩個晚上，就出發去哈薩克，薩拉托夫每星期有兩班火車開往哈薩克阿拉木圖 (Almaty)，車程六十四小時，這打破了我之前由深圳去烏魯木齊，五十小時的最長單程火車紀錄。沒有最長，只有更長……我不確定火車上有沒有餐卡，所以準備了四日三夜的糧食，我帶了剛剛好的食物份量和水，每天早餐吃香蕉，午餐吃炸雞，下午茶吃曲奇，晚餐吃腸仔包及柑。雖然這三天的食物沒有營養，但能夠以有限的背包空間、雙手拿到的重量買到剛剛好的份量。**旅行讓我學會剛剛好，太多的東西會為自己加重負擔，雖然我們想要的多，但必需的其實並不多。**

六十四小時後到達阿拉木圖，我在阿拉木圖只有三件事要做：一、去火車站買明天去新疆烏魯木齊的火車票。二、由於中國和哈薩克的跨境列車沒有餐卡，也沒有乾糧售賣，所以需準備一些食物。三、當時開始聽到中國疫情的消息，我買了十個口罩，在火車上戴上，沒料到幾年後，我們仍一直要戴口罩。

　　我以為這趟旅程我只會搭一次中國哈薩克跨境列車，最後卻搭了兩次。這次是哈薩克阿拉木圖開往新疆烏魯木齊，二十二小時車程。上了火車，今趟火車比一年前反方向的列車多人一點，畢竟春節快到了，其實也不多於十位乘客。火車駛到哈薩克邊境，哈薩克的關員上火車處理旅客的出境程序，然後火車緩緩駛到中國的霍爾果斯邊境，乘客要下車到霍爾果斯關口入境。過關後，距離火車再開還有四小時，但今次我沒有走出火車站外，因為天色開始黑，又寒冷，我選擇在站內等，吃飯盒，吃完飯在車站坐坐，然後再上車。

　　跟我同車廂、睡在我對面床的是一個德國男生，他旅行已經兩年了，打算遊中國後去香港，然後去越南。火車到達烏魯木齊，下車時我開始戴上口罩，也遞了一個口罩給德國男生，這是他人生的第一個口罩，我提醒他要留意疫情，注意衛生，那時他對疫情還沒有什麼概念。後來，他沒有去香港，也沒有去越南，因為在中國遇上疫情，行了一小段艱辛的路，沒法子最後要終止行程。

旅行是一場鍛鍊
——中國

春節期間國內火車非常爆滿，一票難求，我買不到烏魯木齊往深圳的直達火車票，只剩下非常少量的分段車票：烏魯木齊往西安及西安往深圳，但有兩個風險，一是在烏魯木齊站的轉車時間只有一小時，如果由哈薩克往新疆烏魯木齊的火車有延誤，很大機會趕不上下班火車，二是由烏魯木齊往西安有座位的車票已經全部售完，亦搶不到票，只剩下極少量的無座票，即是很可能要在擠迫的車廂站立二日一夜，三十五小時，**但沒有其他的選擇，也許這已是最好的安排。**

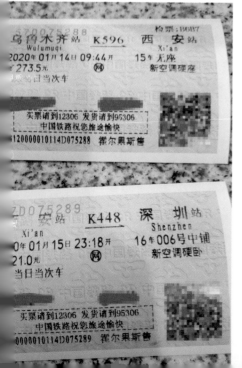

感恩中哈跨境列車準時到達烏魯木齊，而且可以在站內轉車，不需出站再安檢入站，否則以烏魯木齊非常高規格的安檢，肯定趕不上下班車。我登上烏魯木齊開往西安的火車後，沒有走去自己所屬的車卡，而是立即去補票的車卡，希望可以補到一段臥鋪，起碼不用全程站在擠擁的走廊通道。火車還未開，補票的位置已擠滿人，這裏以至所有硬座車卡都非常擠擁，拖著行李箱的幾乎不能走動，沒拖行李的要走過一個車卡也擠迫得走十多分鐘吧！火車行駛了差不多二十分鐘，有職員走過來，可是臥鋪全滿，所有人都補不到票。之後，我差不多全部時間都賴在餐卡吃早、午、晚三餐，就算被餐卡職員驅趕，我也厚著臉皮堅持不離開座位，因為只要一離開座位，未來幾小時肯定要站著。從沒想過臉皮薄的我，可以完全無視他人的說話。**我們的意志，可能要在艱苦的環境下鍛鍊出來**。幸運地在餐卡搶到一個晚間座位，晚上可以坐著睡，更幸運的是，在下火車前七小時，竟然補到臥鋪，因為是日間，我沒有躺下睡，但這七小時不用再戰戰兢兢，擔心去完洗手間找不到座位，可以坐下來稍作休息。

第二天晚上，火車準時到達西安，趁兩個多小時的轉車時間，我去車站的餐廳吃晚餐，吃了半個肉夾饃，餘下的半個留待明天在火車上吃，因為上一班火車每餐都在餐卡吃，已經吃膩了火車多油多鹽的食物，所以我再買了炸雞、鴨頸、牛奶等作為明天的糧食。由西安去深圳，坐了二十九小時的硬臥，當然沒有上班車無座位那麼身心俱疲，不過這班車亦沒有新疆那班列車般整潔，而且車上咳

嗽的人也不少，睡在我對面床的男人及其女兒不停在打噴嚏，我忍不住問他：「我有口罩，你需要嗎？」而我由烏魯木齊開始已經戴口罩，連睡覺也會戴上。

由莫斯科到深圳，**共坐了一百六十六小時火車，身心俱疲，歸途真的很累！**

凌晨四時，火車緩緩駛到深圳，天空一片漆黑寧靜，我的心情卻是激動澎湃的。口罩遮擋了我的笑容，卻掩不了我內心的興奮，我差不多回到家了！**感恩我還活著！**走完萬里路，下火車腳踏香港的一刻，心裏有股激動，湧起淚水。**經歷了這些、那些，我終於回家了！**

邂逅世界之後

旅行的意義

感恩旅途上遇到的一切，**五百五十一天的旅程，遊歷了四十個國家，一百四十個城市**，看過很多風景。

- 踏足過世界上最大的撒哈拉沙漠
- 在海拔五千多米感受過珠穆朗瑪峰的震撼
- 睡在零度以下的雪山大本營
- 穿越無邊際的無人區
- 見識過裏海、黑海、愛琴海、亞得里亞海、地中海、波羅的海、北海
- 享受無拘無束的日光浴
- 去過所謂邪惡軸心的國家
- 去過用不到社交媒體的封閉國家
- 參觀過無數世界文化及自然遺產
- 欣賞過無數激情與浪漫的日出與日落

看過無數大自然景觀，感慨大自然的奧妙與變幻莫測，遇到天災的威脅，我們無力對抗災害，變得渺小。看過這些，**不再執著、拘泥於一些小事，沒有必要把一些事情看得那麼重要，無論悲傷，還是快樂**，都要接受，用心走下去。

朋友說：「你的世界很大。」

我心想：「全球有二百多個國家，我只是去過五十個，還有很多地方想去探索。」

世界很大，人的可能性更大。這次旅行，我體會到什麼是生活，我發現自己的適應力比我想像中更高，我知道自己可以繼續探索世界，可以一直走下去，也許走到六十歲，直到走不動才停下來。我要遊走世界每一角落，享受自由自在、無拘無束的生活。

而你的世界又有多大呢？是世界地圖、香港地圖、還是工作藍圖？

我走了萬里穿高跟鞋行不到的路。
我遇見一些在辦公室裏永遠見不到的人。
我嗅著噴了香水聞不到的清新空氣。

我喜歡探索未知、神秘的國度、不同的文化。要深度認識一個國家，除了解歷史文化，最直接的方法就是與當地人親身交流。旅途中，我喜歡與人交流，聽他們分享，了解他們的日常生活。我帶著塔羅牌去旅行，塔羅牌加速了我與陌生人交流的深度，讓我聽到世界不同角落的故事。雖然有時我看到的、聽到的、感受到的，並不是事情的實相，至少這是屬於自己的體驗。

人生可以有千百萬種可能性，旅行讓我體驗不一樣的生活方式。在慢活與急速移動之間，我體驗由旅行到流浪、旅居的生活，體驗貧窮與富貴、和平與戰爭、荒蕪與熱鬧、平淡與冒險……旅行是一場修行，旅途上我每天都在學習，發現自己漸漸在改變中，遇見不一樣的自己。

　　旅行的意義到底是什麼呢？是追求吃喝玩樂？尋找片刻的寧靜與快樂？舒緩生活、工作上的壓力？尋找短暫不一樣的生活方式？是否轉換地方，去別國旅行，就能夠達到以上目的？旅行的意義，不著重於走了多遠，去了多少個國家，走多少個景點，而是在旅途中經歷了什麼、體驗了什麼。旅途中遇到的每個人，學習到的每件事，都是一生難忘的風景。人生就是一場旅程，每一場精彩的冒險都是成長，過程中充滿喜悅、探索、好奇、靈性，我們走過的路，決定了我們的人生。

　　每個人對旅行的意義不盡相同，對我而言，在探索世界的過程中，讓我體驗不一樣的生活方式，漸漸地，旅行變成為我的日常生活，遠方的景色走近了，就是當下的生活。旅行豐富了我的經歷，讓我學懂跟自己相處及習慣跟自己對話，令我遇見更好的自己。

　　路走多了，角度擴闊了，心也打開了，作為一個世界公民，我希望地球再沒有戰爭，我們用愛去維繫世界，甚至伸延到整個宇宙。

旅行讓我學會的事

📍 感恩

我在烏茲別克經歷過地震，在伊朗經歷發生於不遠處的天災，接觸過極權主義及許多第三世界國家，認識不能回以色列與家人見面的以色列人、身體有殘缺的吉爾吉斯人。我感恩我生於遠離戰爭、貧窮、天災的地方。感恩我所擁有的一切，遇到的好人好事，身心靈健康快樂！

📍 知足常樂

我體會過不丹與世隔絕的快樂；緬甸人未被污染、原始、真實的快樂；在聖地牙哥，完成聖路目標後的純粹快樂；丹麥 Hygge 及瑞典 Lagom 的生活態度，令自己身處紛擾的世界都能製造出快樂的心境。

快樂不在於外在物質、環境，不著重於事情的本身，也不是由他人賜予。其實，快樂是往內看的，知足常樂，簡簡單單是最快樂的。

人生有千百萬種可能性

遇見過放假短期旅行、一邊工作一邊旅行、Gap Year 旅行、裸辭旅行、退休旅行、旅居的，**每個人都有自己的旅行方式**。人生亦有千百萬種可能性，旅行讓我體驗不一樣的生活方式。旅行是一場鍛鍊，人生亦然。

接受文化差異，不再視所有事情理所當然

飲食文化的差異：東南亞吃昆蟲的飲食文化，有些人吃狗肉，穆斯林不吃豬肉，有些佛教徒不吃牛，西方人抗拒吃雞腳。

如廁文化也大不同：意大利廁格內通常有兩個馬桶，一個是如廁後清洗用的；很多穆斯林國家的馬桶旁有花灑，如廁後可清洗；中國的蹲廁；西藏的蹲坑。

旅人問我香港的貨幣是什麼，我說「Hong Kong Dollar」。他們覺得很奇怪，Dollar 是指美元，為什麼港幣叫 Hong Kong Dollar。

旅行讓我接觸到異國文化，**我不再視習以為常的事為標準**，也不再視所有事情理所當然。路走多了，眼界寬闊了，將所謂有趣的事，視為獨特色彩。其實很多事情都沒有絕對的對與錯，好與壞，只是觀點與角度不同而已。

📍 剛剛好

剛剛好的衣服、用品、食物。旅途中，我的行李箱損壞了，更換了一個更細小的，原來，我們真正需要的並不多。

📍 放下

拿起是能力，放下是智慧。**我們拿得起，也要放得下**。也許，學會放下，得到更多，走得更遠。

📍 愛自己

跟自己內心對話，了解自己需要，照顧好自己的身體和情緒，**活在當下**，做自己想做的事，過自己想過的生活。

📍 愛地球

保護環境，做負責任的世界公民，**希望世界再沒有戰爭，願世界和平！**

吸引力法則

我和意大利朋友 A 在伊朗認識，之後相約在希臘見面，在意大利相處，同遊西班牙、摩洛哥及馬爾他。那年聖誕節在意大利，與 A 和他家人一起慶祝聖誕節，我在他們家裏吃了一款非常可口的**咖啡流心朱古力**。這款朱古力生產地在意大利，只在指定歐洲國家有售，而且是季節性的，因為是流心朱古力，溫度稍高便會溶掉，影響質素及味道，所以只在冬天才發售。我離開意大利後，在波蘭也買過這款朱古力吃，但覺得不及在意大利的好吃。

回港後，我和 A 仍保持聯絡，意大利人非常健談，他有時會傳語音訊息給我，而訊息竟然長達十幾分鐘，但我回他的通常只是幾句文字，漸漸地，我們減少聯絡。二零二一年的聖誕節，我用 WhatsApp 傳了 Merry Christmas 給他，但他一直沒有回覆，不是已讀不回，而是一個剔，即是沒有成功傳到給他。我有點擔心，那陣子意大利的疫情嚴重，會否發生了什麼事，或是他遺失了手機，換了手機號碼，失去了朋友聯絡。兩、三個月後還是收不到他的回音，我也漸漸忘記了這件事，只是偶爾想起他。

有次我在網店購物，居然無意中看到這款咖啡流心朱古力，之前我上網搜尋過也找不到，因此我買了一盒，回味一下朱古力的味

道，也憶起與 A 過聖誕節及同遊的日子。幾天後收到朱古力，立即吃了一粒，雖然味道不及在意大利的好吃，但總能讓我回味一番。就在吃朱古力那天，我收到 A 傳給我的 SMS 短訊，他說：「我刪除了 WhatsApp 賬號，因為太趕急，也來不及通知你。」與他已失去聯絡大半年，可能是我吃朱古力時想起他，思想、信念的力量非常強大，於是我們的頻率共振了，他就傳訊息給我，這是**吸引力法則**的**力量**！

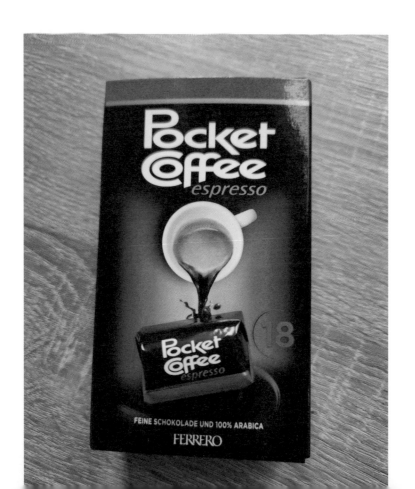

無常

在旅途上的相遇，都是緣分。

我和香港人 W 在東歐認識，我們一起遊東歐幾天。 她的年紀跟我媽媽差不多，她愛行山、做瑜珈，生活健康，保養得宜。她四十歲已經退休，在世界各地生活及旅行二十多年，間中才回港，我聽了很多她在中東、法國、日本、泰國、加拿大等地的生活點滴。

幾個月後，我們相約同遊法國南部，我們一起品嚐令人垂涎的法國菜。

之後，我們同遊在西班牙馬德里及葡萄牙波多幾天。我們很投契，她叫我小仙女，我叫她阿囡，因為她比較活潑好動，夜晚要出街逛逛，像個小女孩似的；而我旅行通常夜晚不外出，天黑前要歸家，比較像她媽媽。離別時，我倆說大家都是沒腳的小鳥，不知下次在何地相見，應該不會是香港吧！

沒預料到後來的疫情，把我們都困在香港，我們在香港見過幾次面，間中通電話、傳短訊。**與她的相遇、分離、重遇，無疑是緣分。與她相處、她的分享、她的智慧，是我旅行的養分，讓我成長。**

　　她愛自由，無拘無束，在香港困住了一年多，二零二二年三月，按耐不住離開香港歐遊，第一站是英國。四月初，我傳了一則訊息給她問好，不久收到她的回覆：「小仙女，喜悅和你遊歐，無常，在醫院。」跟她通電話，她交待了情況，我的心沉下來了，更不懂該說什麼。她的話說得很辛苦，但她依然用最大的力氣叮囑我，過自己想過的生活，要注意身體健康，要吃有營養的食物。有機會的話，再一起走我們未完成的路，一起再吃阿爾餅店的那件蛋糕……

　　雖然她面對病魔的煎熬，但她仍很豁達，她感恩、知足自己過往自由自在的日子，過自己想過的生活，享受人生到最後，無悔無憾。生老病死，乃人生必經階段，人生無常，我們可以選擇的，就是珍惜生命及眼前的一切。**不活在昨天的明天，也不活在明天的昨天，就只活在當下。**

　　Rest in peace.

給十年後的我

　　二零二零年一月回港過農曆新年，本來打算過年後，去泰國或台灣找個清靜悠閒的地方，寫下旅行的點滴，再決定繼續旅行還是留港。卻因疫情關係，沒有出發，留下來重投忙碌的工作，學習新的工作領域，工餘時間閱讀了許多關於身心靈的書。疫情緩和及通關後，我沒有報復式旅行，只去了三趟小旅行。此書在幾年間斷斷續續地寫，延遲了四年才完成。寫這本書時，我彷彿再次經歷這五百五十一天的旅程，讓我重溫旅行的點滴，藉此梳理我當下的思緒。書中亦提及二零二四年《世界幸福報告》排名，讓讀者一起探索報告中評分標準的快樂，以及我在當地親身感受他們內心深處的靈魂與快樂之異同。

給十年後的我：

　　你在哪裏？仍在路上嗎？不論你在哪裏生活，也可以把生活當作旅行。

　　這十年間你經歷了什麼？你快樂嗎？記著勿忘初心，懷著好奇的心探索世界，做自己想做的事，創造屬於自己的人生。生活中的轉變，由平淡變冒險，或是由刺激變平靜，都需要一點勇氣。

　　生命中總有甜酸苦辣，懂得放下，才能走得更遠；放下執著，自然活得逍遙；懂得原諒，也令自己更釋懷。

　　記著要孝順父母，學懂愛，亦要愛自己，學習自己的人生課題，請你照顧好自己的身體與心靈，快樂地生活。

　　祝幸福快樂！活在當下！

給二十年後的我：

　　你快樂嗎？**人生就是一場旅行**，不在乎於長短，不著重於走了多遠，而是旅途中經歷了什麼、體驗了什麼，是否活得精彩、活得開心、活出有意義的人生，請不要帶著遺憾離開，記著要快樂地生活。

　　祝生活快樂！身體健康！

二零二四年二月十日的我

邂逅世界 551 天

一個女生陸路遊遍亞洲、歐洲、非洲四十個國家

作　　　者	Queenie
責 任 編 輯	陳珈悠
美 術 設 計	藍尼

出　　　版	星島出版有限公司
地　　　址	香港新界將軍澳工業邨駿昌街 7 號 星島新聞集團大廈
營 運 總 監	梁子文
電　　　話	(852) 2798 2579
電　　　郵	publication@singtao.com
網　　　址	www.singtaobooks.com
Facebook	www.facebook.com/singtaobooks/

發　　　行	泛華發行代理有限公司
電　　　郵	gccd@singtaonewscorp.com
網　　　址	www.gccd.com.hk
Facebook	www.facebook.com/gccd.com.hk/

承　　　印	嘉昱有限公司
出 版 日 期	2024 年 7 月
國 際 書 號	978-962-348-548-7
建 議 售 價	HK$128

星島出版